ジイちゃん、朝はまだ？

438gのうまれ・そだち・いけん

いわせ かずみ

日本僑報社

目次

はじめに

朝はいつ、どこからやって来るの？　窓のカーテンの陰にこっそり隠れているのでしょうか。それとも、山の裏側で昼夜の仕切りがされているのかな？　ボクはその区別をはっきり感じることができません。〝超低出生体重児〟として生まれ、ママよりも多くはジイちゃんと日々を過ごすことになりましたが、ジイばかりか他の何も見ることができません。知的肉体的ハンディもあって、誰もボクの成長が順調にいくかどうか、懐疑的でした。それで、ジイは育児を考えたらしいのです。

珍しくて有名な話があるそうです。三〇〇年ほど前、南フランスで発見されたアヴェロンの野生児とか、現代インドのアマラとカマラのことなど。人間社会から遠く隔てられオオカミに育てられていたものが、やがて人間社会に引き取られても、結局その生活と相容れなかったとか。国内でも虐待などで、乳幼児が密室に閉じ込められ、食事も満足でない生活から救出され手厚い保護と養育が施されたにもかかわらず、精神的肉体的に修復できないとかの報告など。それほど人との交流を隔離されたわけではないボクですが、ジイが関心を抱いたのは、致命的ハンディを併せ持っているなら、それに過不足なく順応して困難を乗り越えるべく生命力の可能性に賭けてみてはどうかということです。人の手に委ねられるまではオオカミと〝生きた〟という例に学んだはずのボクの約五年の生活です……

第一章 誕生……

1　ボクは……生まれた

二〇〇五年六月二〇日、ボクは周囲の期待も喜びも盛りあがらない、いえ、むしろ不安に押しつぶされそうな雰囲気の中で誕生したのです。ボク自身、胸をはったそれでもなかった。新しい年を祝う花火が半月も前の夜の寝入りばなに打ち上げられたようなものです。梅雨とはいえ、快晴に近い穏やかな昼下がり、厄介者の登場を嫌うような堂々とした平和な日でした。ママが懐妊二六週にして、強制出産の栄（?）にめぐまれ、体重が五〇〇gにも満たないボクは産声さえあげられません。

ママの懐妊当初、ジイやバアちゃんらはことのほか大喜びでした。先に結婚していたパパの兄夫婦にもその徴候はないし、六十歳を過ぎて未だに孫をもてないことに寂しさとか負い目もあったからでしょう。ママが持ち帰った腹部エコーの写真に見入っては、二人で毎日ウキウキ祝杯をあげていたそうです。

ところが、〇五年の六月十九日、日曜日の昼前、ママが病院勤務中に倒れました。妊娠中毒症でした。肺に水がたまり、母体に危険がおよぶので緊急に強制出産を施行しなければならないとの診断です。手術は翌日正午からとなりました。

懐妊五月頃からつわりもひどくなり、大柄のママのお腹の膨らみが目立つようになるのと併行して、顔や手足のむくみも顕著になってきていました。バアちゃんが「お医者さんの診断はどうなの？　異常はないの」と、心配して何度か尋ねていました。上司にあたる産科医からも定期的に診察を受けているか確かめられたこともあったそうです。スタッフに異常があっては社会的信用にもかかわります。

「毎週診察を受けてますし、これぐらいのむくみも二六週に入れば、ふつうだそうです」

ということで、ママ本人もかかりつけの医師を信頼し、心配はしておりませんでした。

ママもバアちゃんも実は看護師です。バアちゃんは今でこそ第一線を退き、ある医療機関の検診車に乗り込んでパートなどしていますが、現役の頃には産婦人科の勤務経験もあります。ママはもっと専門職で最近評価の高い周産期母子医療を担当している産婦人科に勤務していました。

ママが突如、医療看護を施すセクションから受けるそれへ急転回した日、ジイたちはイギリス旅行から帰国はしたのですが、異常気象で到着便は予定より大幅に遅れました。結局、空港近くにホテルをとり、ことのついでに明日、成田山新勝寺へ参拝して安産祈願していこうということになったのです。帰宅の一日遅れを告げるため、バアちゃんはママのところへ電話を入れました。

時間はかかれこれ、夜の十時過ぎになっていたのですが、すぐにママは携帯をとったらしい。

「疲れているでしょうし、深夜に三時間余り車の運転は危険でしょう。明日ゆっくり帰って来てください。こちらは何も……え、変わりないですから」

と、手短かに話をしたという。しかし、ママの口調と背後の雰囲気から、バアちゃんは女性の勘で異変を感じとったといいます。

「お父さん、うちのようすが変だわ。胸騒ぎがするの。無理でも今夜帰ろう。途中、わたしも運転代わるから」

午前一時半頃、ジイらが帰宅した家にはママはもちろん、パパも留守でした。バアちゃんの胸騒ぎは的中し、この時期の旅行を永く悔やむことになってしまったのです。

その日の午後、つまり六月二十日、予定時刻にママの帝王切開手術が始まりました。

「こんなお産じゃ、子どもの体に障害が残る可能性が高いかもなあ」

と、立会いの身内の誰かがポツリと言葉を吐きました。みんなとっさに言葉を継げないでいたのですが、やや時間をおいて、多くの症例を見聞しているバアちゃんが、

「そんなことない……大丈夫」

とむしろ、祈るような気持ちで言葉を返しました。女性の慈愛か、新たな家族として生まれ出ずるものへの希望的観測でしょうか。

かくして十四時二十一分、ボクは生存しつつ生まれたのです。体重四三八g、身長二八cm、頭囲二〇cm、胸囲一六、六cm、山鳩くらいで自ら呼吸もできないし、産声なしです。ふつう、妊娠三七週未満で誕生した子を未熟児というそうですが、医学的にはさらに体重によってランク付けがされていて、ボクのように一〇〇〇g以下の場合は『超低出生体重児』というそうです。何か少し語呂あいの良くない、〝超低〟が形容詞的意味合いとすれば、超低体重出生児の方がすっきりしそうですが、まあ、エライ先生方がご使用になる用語ですから、余計な詮議はしないことにしましょう。とにかく、生きるべきか死すべきか、ボクの人生、賽は振られたのです。

四十数年も前に東京で、ＮＨＫ職員夫婦に五つ子が誕生したことがあったそうですが、その赤ちゃん

たちだって、ボクの倍以上の体重があったはずよと、バアちゃんはおぼろげな記憶をたぐりよせ申しておりました。もちろん、ボクの生まれた病院産婦人科は県内でも有数の医療設備と規模、それに異常症例を多く持ちますが、低体重では記録更新でした。

ここで驚くのは、人間の生命の神秘についてです。ママのひどいつわりと妊娠中毒症による肺浸潤はボクの摘出出産と取引したかのように手術終了、即気分すっきり消えてしまったのです。それほど現金でした。だから、ボクは後でも述べますが、ママにとっては救世主だったわけです。

それにもう一つの神秘は、それまで授乳のための兆候など全くなかったママのおっぱいが、乳腺など急速に発達し態勢を整えはじめたのです。生くるべくボクのための摩訶不思議。母体の神秘！　相互依存と互恵？　かな。

ところでボクは？　ボク自身ももちろん、ママの胎内でぬくぬくとわが世の春をむさぼっておりまして、出生する準備は何一つ整っておりません。タイムスケジュールは十分にあるのですから、それまでに体力を養成し、頭脳の訓練もとは考えていたのですが、時期尚早です。それよりもっと重要と気づきましたのは産声です。初めての世で開口一番、どんな産声とせりふであるべきか。胎内二十ケ月余で肩まで髪の毛が伸びていた弁慶なら知恵ある発声をしたかも知れないけれど、〝天上天下唯我独尊〟でも理知的過ぎます。〝われにパンを〟でも品がなさそうです。

それではごくふつうに小鳥が鳴くように泣くのが良いのでしょうか。子猫のように甘えて自己主張するか、それとも老練な山羊みたいに狡猾なメロディをつけるか？　きっと素晴らしい結論を導き出すつもりでした。しかるに残念、ボクはいかなる準備もなく、突然この世に引っ張り出されたのです。

四三八gのボクだから

当然にして、長期入院が決定されました。誕生予定が十月中旬だったのですが、その期日を越え、一八〇日間、十二月中旬までです。

ボクのお部屋は新生児集中治療管理室、通称NICUという広い部屋で、多様なリスクを伴って生まれた乳児が他の医療施設からも転院収容され、いつも部屋は満杯です。ボクは二列に並べられた北側中央付近の保育器に隔離収容されました。他との仕切りは何もなく、担当医と看護師二人がつきます。

まだ目は開けないのですが、保育器の窓側に遮光幕が設けられています。常時温度湿度が管理された器内にボクはなぜか、うつぶせに寝せられ、鼻、口、体躯それに手足に七本のチューブが差し込まれ、他にも各部位にいくつか電極がくくりつけられました。文楽の繰り人形か、開発実験中のロボットみたいで、保育器全体で見ますと、間抜けなクラゲが逆さになって浮遊している図です。胎内で成長の足りなかった分を補って、最低限の生命基礎を吹き込もうというわけでしょう。要するに外科的治療はなく、母胎内と同程度の環境を提供され、酸素と滋養分が機械的に与えられるのです。

でも、身長二八㎝で低体重で自力呼吸困難、嚥下力なしですから順調な成育には周囲の皆さんが懐疑的だったようです。もっと非道徳的には、よしんば生命が確保されたにしても、不測の出生につきまとう後遺症を想定すれば、安易には喜べなかったのではないでしょうか。

ということで、ボクに課せられた関門はできるだけ早く体力をつけ、種々の障害を忌避しつつ保育器の仮住まいから脱出することです。とにかく、這いつくばってもがんばる。保育器のドアか引き戸を開けることだって！　でもボクは一人秘かに満ち足りていたのです。ママの胎内でずっと心待ちにしていたことが早期に実現できそうだからです。一つはパパの愛車乗車とそれにサッカーゲーム観戦です。パパはいつもママに自慢したり、解説したりしていました。新車を購入したばかりにはナビでワールドカップの深夜中継を観戦していたことも知っていたので興味が募っていったのです。それにもう一つはママに会えること。長く交際していた女性に代えて、強引に結婚にこぎつけたパパのお気に入りの実像にお目通りが叶えられそうだからです。

さて、ボクの食事というか栄養の補給は驚くなかれ、生まれたその日に母乳三分の一ＣＣずつ、四回に分けて与えられました。これ、人生幕引きぎわに施される唇へのおしめりじゃないですか！　どうせ先行き望みのないものとリハーサルのつもりだったら、がぜん、ボクは立ち上がって抗議しますよ。

でも、食事としたら猫の子だって、もっと与えられるでしょう。翌日は〇、五ＣＣを八回、三日目には〇、八ＣＣを八回というふうに順次増やされ、一週間後にどうにか二、五ＣＣになりました。が、ボクのような生まれの定番通りに黄疸が出ましたが、いたって元気です。食欲など少しもないのでその要求のアピールではなしにムクムク、ノソノソと五体を使って健在の証明しきりです。担当医はそんなはずはないとため息交じりに長い欠伸をして首をひねり、看護師さん二人も緊張の糸がきれたようでウトウト船漕ぎのごようすです。人生そんなに困難に満ちたものではないのです。オオカミとだって生きられる。

酸素の吸入は五日目に量目が減らされました。ボクの頑張りが認められたわけです。ところでこの時期の酸素量とか、生後三日して開始された黄疸治療の光線照射などは後々眼に与える影響があるとかで慎重な対応が必要なのだそうですが、チョウテイシュッショウ……への関心と興味は先ず生命の維持で、しのびよる不測の何かへ予防的思考はないようでした。

家族と初対面

ボクのパパたちはジイやバアちゃんたちと同居していますから、ボクの誕生によって、家族は五人となったわけです。親とか、家族の絆が築かれるとすれば、誕生による劇的対面からストーリーは始まるのでしょう。が、ボクの場合、病院側の計らいで、ママとは誕生後すぐ引き離されました。未熟児ゆえの処置でやむをえません。パパとの対面は保育器に入って、容態が一応安定したところで、誕生した日の夕方でした。

パパとママは超低出生体重児に落胆し、将来をあれこれ思い巡らすあまり身を引き締めているかと思いきや、そんな雰囲気ではありません。夫婦とも天性か、楽天的で少なくとも意識的振る舞いではなく平静で、ジイから揶揄まじりに評価されていたようです。

二十六日午後にジイとバアちゃんと面会です。誕生から連日来てくれていたらしいのですが、稀有の生まれへの〝謁見〟は漸くこの日許可されたのです。ベルトコンベアこそないものの、ボクらの保育器は工業製品の生産ラインのように通路の両側に二列、整然と並べられています。そこへジイとバアちゃんは頭から足先まで面会衣装に着替え、担当看護師に先導され、パパママの後からやってきました。

二人はボクを見て開口一番、「おおっ！　小さ……」で、しばし絶句でした。ママの手前、その後の言葉は少しはばかったのでしょう。エサにありつけない山鳩の大きさです。

「でも、かわいいわ、ね。あ、動いてる。元気、そう……」

バアちゃんは涙ぐんでいるようです。感激の涙か、それとも不本意な出生への哀切のそれでしょうか？　赤ん坊の扱いは百戦錬磨のはずがこれですから困るのです、家族は。ボクは生きているのですから、微動はします。声帯未発達で泣くにも音声はありませんが。

「おーい、ジイとバアちゃんだよ。おまえの家族だから、よろしく。おい、聞こえるか」

ジイはカプセル（なぜか、ジイは保育器というのでなくいつもそう呼んでいた）の中のボクをジッと観察したあと、片側から器内へ唇を寄せて力なくいったのでした。「おーい、おーい」と何度も。途中から声もなく、唇だけを小刻みに震わせ、横を向いてしまいました。きっと、ジイも悲しかったのです。何の因果でこんな生まれなのか、もっと並みの子としての初孫のボクに呼びかけたかったのでしょう。安産の祝福と順調な成長を祈って。

突然の誕生で、まだ命名を頂けないものですから、何につけても不都合です。後で述べるのですが、ボクの成長記録簿「よのすけノート」に六月二十四日生後五日目、親であるパパのメッセージはこう記録されています。

「ママとバアちゃんとで来ました。ママは○○くんに優しく声をかけていました」

愛息にとか初孫にとか考えられそうですが、生きて長じれば、後で空欄を埋めればよいというのではボクの人権はどうなるのか？

だから、スタッフのコメントもこうです。

「母乳一、四cc×８回。

今朝、光線治療が終了。かわいいお目目がパッチリ！　かすかに手足を動かしています。器械の呼吸回数を下げましたが、◯◯くんは自分でも頑張って呼吸をしています」

記録さえ◯◯ですから、ジイは力なく「おーい」ばかり。これが一日の多くを共に過ごすことになる人との初対面でした。

しっかりして誕生した乳児はすぐにも、親の認知が可能などとものの本にあるようです。視界の範囲内で母親に抱かれ、おっぱいが与えられます。父母にインプリンティングし、医学的心理学的課題として、さらに濃密な身体接触のゆえに愛着行動に発展していくのでしょう。しかし、ボクには求めてかなわず、出生直後から保育器に隔離され、長期の母子分離の始まり。抱擁もなく添え寝もないのですから、胎内のような一体感もない。一日の多くの時間は遮光幕で覆われ、捨て置かれたように寂しく日陰の暮らしです。さらに母乳を注入されると腹が張るとかで、横向きのうつぶせにされていましたのでほとんど片目しか使えないのと、鼻孔のチューブ二本が視界を邪魔します。さらに、どなたかお見舞いにお出でいただいたとき、ボクはほとんどひどく眠いのです。だから、「あっ、そう、うんうん」くらいの心境ですべて夢うつつです。できれば、しっかり両目を開けて、お人よしのママや、おっとりゆっくりのパパをインプリンティングしておくべきでした。ふ化後の鳥類は忠実にこれを実行するというのに後の祭り。母とのふれあい、マザリングの欠如は子どもの社会化に少なからぬ影響があるとかいわれますのに両親ともにその意識欠如。

しばらくして、ジイは退屈したわけではないでしょうが、担当の看護師さんに尋ねたのでした。

「一方の耳ばかりが頭の下じゃ、蝋燭細工のような耳が壊れるのじゃないかな。自分で寝返りなんかできないんでしょう」

確かにボクの耳たぶは餃子の皮よりもっと薄くて透けて見えそうです。脚と腕の骨も太目の割り箸ぐらいですから、ママの胎内ならともかく、重力の作用する世界では不可能かハードな行為でしょう。

これは大変です、たしかにボクは親にはぐれたコアラがエサにもありつけず、瀕死《ひんし》寸前でペタッと保育器の床に張りついているみたいで目立った動きがありません。せめてあるのは手足のピクピクモゾモゾだけです。不安がられて当然。ふん、義を見てせざるは勇なきなりとは少し違うのですが、生きている証しはたてなければなりません。

されば、よいこらっと！　誕生四日目、しっかり頭を持ち上げ、おずおずと顔の向きを左から右へ変えたのです。通路を急いでおられた看護師さんが「え？」と驚き、足をとめ振り返ったのです。そして他のスタッフに目配せと手招きするとボクに近づき軽くうなずかれました。ママの胎内で四回ひねりまではトレーニングしませんでしたが、この程度でしたらどうにか実行可能。生命のともし火は敢然ともったままです。

「赤ん坊といいば、ぽってりの肉付きで手足首がくびれ、頬が鼻より盛り上がっているものだが、この子もやがてそうなるのかねえ」

でも、日々の経過とともに、ジイはボクの生命力にも不審を抱き、ボクをもう見棄てているような目つきです。ええ、それはもう無理のないことです。ボクはこのとき、体重は三八〇グラムまで減り、体の骨格に茶色というか土色の皮膚が引っかかり、はからずもミイラ化進行が阻害されているという感じですし、頭皮に数本、短い羽毛がくっついているだけでしたから。

しかし、担当看護師のオオカワラさんとスズキさんは一瞬、ジイに軽蔑の眼差しをそそぎながらも、

「大丈夫です。それなりの食欲もありますから、すぐふくよかな赤ちゃんになります」

決して、否定的な物言いはしないのです。これは裁判で敗訴する日の朝まで、絶対勝利をいい続ける弁護士と同じだとジイはいいますし、ボクだって、ひどく懐疑的でした。

中枢神経系でもとりわけ大事な大脳は胎生三週初めには形成発達し始め、七ケ月くらいで大脳半球の大脳回および溝の基本が出来上がるといわれます。これらの過程で何らかの負の要因が作用すると、神経系の先天性奇形や無脳症が生じるそうです。ボクの出生はちょうどこの時期でした。

でも、そんな不安を持ち続けてはボクの面目が立ちませんし、プライドが許しません。それに、担当スタッフの手厚い看護と家族の期待を一身に受けているわけですから、うつぶせ寝の頭の向きを変えてみたり、片目をチラと開いたりして、正常的可能性表現を誇示します。アルキメデスの原理の通り、動作の全てがママの胎内より過重負担で難儀ですが、これはボクに課せられた使命でした。

帰りぎわです。泣くも笑うもできない、一人生活の寂しさとか会えた喜びを全身で表現することもない、呼びかけに眼を合わせようともしないボクを不憫に思ったか、それとも初孫へ素朴な愛情でしょうか、ジイとバアちゃんはお見舞いを二日に一度ずつと希望し、お太りの看護師長に申し入れました。

でも救急救命を永遠テーマとする医学会の掟は厳しく、稀有の生まれのボクへのお目通りは選良だけです。二親等以下は分をわきまえなければならず、親であるパパかママの同伴というのが病院の規則で、それゆえ毎週土曜日の午後のみです。ママ方の曾祖父母などは入室さえまかりならず、更衣をして窓越

しガラス越しに横臥のボクの存在を伺い見るだけなのです。

それでも襲名披露

ボク誕生のドタバタ公演も落ちついた頃、パパはそれではと命名に関する本など見たり考えたりし始めたようです。が、結局決められず、さりとて、ママとかジイたちに相談することもない。命名権を保留したままで時間は待ってくれませんから、三日たち五日も過ぎました。生きるか死ぬか見極めているのかしらと周囲はみなヤキモキ、焦りも出てきます。看護師さんだって、一週間余も名のない患者なんて、不便をきたします。バアちゃんが、「お父さんか、南八幡に相談してみたら」と暗にせきたてたらしいのです。すると、翌日、「決めたっ」と公表しましたのが、「誉之介」です。生後十日目でした。その名は〝ヨノスケ〟一瞬、ギョッとしました。江戸や明治の生まれじゃないんだから……と。現代流の航くん、海斗くんなどを期待していたわけでもなかったけれど、少々感覚を疑いました。そもそも、パパはものぐさなところがあって、是が非でなければ、今日の仕事は明日に日延べするタイプですし、ボクの誕生が突然だったので時間もなく、テレビかコミック雑誌の影響による思いつきの名かも知れません。

もっと、驚いたのはジイとバアちゃんでした。時流にのった人名など及びもつかないので、名付け親の役目を仰せつかるのだけは遠慮していたようですが、それにしても大丈夫かな、西鶴の世之介でなくて良かったと動悸をしずめたのです。それに、「誉之助」はパパの曾祖父の名前で、助を介に一字変えただけです。それを知っての上かというと、でもないようです。

ジイは、パパが気持ちの準備か、自覚かも整わないあまりの早暁の出産に動揺し、自棄のヤンパチになっているのではと身構えたほどだったそうです。でも、世間には悪魔などと命名される人もいらっしゃるのですから、特段驚く必要もないのかも知れません。世情に通じている方々が慰めがてらに教えてくれるのですが、「ヨノスケ」なる姓名は字が違うにしてもある種の業界では結構社会化しているらしい。パパの名だって、さる高名な女優を尊敬するあまり、その夫代議士のお名前をいただいたものだと、バアちゃんが後で申しておりました。いい加減なことはジイがかつてその範を垂れているのです。

でも、ボクは一応満足です。何々右衛門なんてことにならなかっただけ、幸いとしましょう。ボクがこれから先歩むはずの人生に、ちょっとばかりユーモアとか穿ちを持ち合わせていると考えれば楽しくなるのではないでしょうか。

ちなみに姓名を聞かれて、パパとかママが「岩瀬誉之介です」というと、どなたも「えっ?」って聞き返されます。そして、「ご立派なお名前ですね」となります。立派か、そうでないかはわかりませんが、以後忘れられないようです。なかに「ヨンサマ」などとお呼びいただく方がいらっしゃるのですが、やはり、芸能界かアニメの登場人物におられるのでしょうか。「金之助が良かったじゃん。後で漱石なんて改名することにしてサ」などと追加助言者が現れもしましたっけ。

母方は妊娠中毒症家系

ボクの名前が決まるころになりますと、小さな田舎町では岩瀬家に生まれた孫は未熟児で今もって生死の境をさまよっているらしい、などの噂が広がったようです。あげくにどうしようもない史的事実をも突きつけられたのです。ママの実家の南八幡のバアちゃんも妊娠中毒症でお産を二度失敗しているということです。つまり、ママの兄姉二人を亡くしているとか、そのバアちゃんの母や妹もやはり中毒症だったらしく、遺伝体質の家系だというのです。

「どうしてそうなの……もっと早くに。取り返しがつかないじゃない」

悔しがったのはバアちゃんです。近郊のさる大手病院では中毒症妊婦には相応の予防医療を施すことで最近二十年以上、異常分娩は皆無だということも耳に入ったりして、一層地団駄踏んだのでした。

「私、産婦人科素人じゃないし、手の施しようもあったわよ。ママだって相応の知識はあると思って口出しを控えていたのに……この先、子育て心配だわ」

ボクは時間の感覚が十分でないのですが、多分、バアちゃんは滋養も水も与えられず萎えてしまった鉢の植物みたいに長い時間打ちひしがれていたようでした。果たしてママはそのような体質を認識していなかったのでしょうか。でも、事態は展開し、ボクのための人生レールは敷かれ、濃霧の中にも青信号は点灯し、ボクは歩み始めたのです。

「もはや、近代医学と誉之介の生命力を信じつつ、しっかりやっていくしかないわね」

バアちゃんは近代医療技術を信じ、われとわが胸に凛と誓ったのです。ジイが四十代後半から内臓摘出手術を繰り返しても、オタオタしなかったのです。間違えた、失敗したとは考えず、状況に対応し耐えるのです。

2 『よのすけノート』

ＮＩＣＵ（新生児集中治療管理室）に入院中のボクの病床日誌がつくられました。病院の看護記録とか引継ぎ簿ではなく、ボクの入院生活について、病院スタッフと家族による観察記録です。ママが同僚でもある担当看護師さんにお願いして実現できたもので、四三八ｇで誕生した超低体重児のボクがどうにか並みの人間に成長したら、思い出記録的意図もあったのでしょう。記録が中断することなどないよう無事に、と祈りもこめられていたと思います。記録の前後余白には漫画あり切り絵あり、スナップ写真も貼付されました。

六月二十五日
スタッフのメッセージ
「ミルクも少し増え、伸びをしています。昼から呼吸器の設定を下げていますが、頑張って過ごしています。
エコーによる診断では、脳に出血しやすい時期を脱したので夕方からお顔の向きを変えることになります。これからは窓側を向き、光を入れることができます。少し気分転換になるかな？」

六月二十八日

スタッフの記録
「体重三八〇g。保育器交換。
体重減りましたが、元気。自分で、鼻から入っている胃チューブを抜いてしまいました。スゴイね」
ママの記録
「今日来たとき、手足をピクピクしながら熟睡していました。そのうち目をさまし、いつも左目だけだったのが、初めて両目を開けてくれたので嬉しかったわよ。胃チューブ抜いたりして、看護師さんを困らせないでね」

かえすがえすも残念なのは、この時期ボクはママとかパパとしっかりインプリンテングしておかなかったことです。顔とか目鼻立ちとか、知的かも知れない笑顔など。ボクはそれを怠り、夢遊病者のように眠りこけるか、治療器具のわずらわしさから逃れることばかりに集中していたのです。
この日々、ボクは口から酸素吸入用と鼻から胃用チューブを差し込まれ、それぞれしっかりと絆創膏で固定されていたのですが、むずがゆいのとわずらわしいのとで、細いほうの胃チューブを引き抜いたのです。すると、さあ大変、驚いたスタッフのみなさんが大勢でチューブを再投入し、口の周りから鼻のわき、そして頬と以前よりしっかりしたテープをベタベタはりつけ、固定したのです。結果として、テニスボールほどの顔半分が隠れてしまった。生きるためとはいえ、誰だって、四六時中口と鼻にチューブ突っ込まれていたら、閉口です。何か、もっと科学的合理的な方法はないのでしょうか。宇宙の彼方で長期間過ごした宇宙飛行士の方だって、いつも宇宙服に酸素ボンベ背負っていたわけじゃないのでしょう？

ところがさらにその後、何故か普通の子より動きが激しいとかで頭をもバンド固定されることになるのです。流れに翻弄される水草のように身体から数本のチューブが立ち、バンドと固定テープが頭から下肢までベタベタですから、人間扱いじゃない。保育器が鳥カゴのようだと思っていましたが、まるで生体実験のモルモットかうさぎケージです。

「祖母の血を引いてるかもな、フフ」とジイ。バアちゃんは自宅就寝中、寝具を蹴落とすなどは日常茶飯事で月一くらいには自らベッドから転げ落ちるそうです。圧巻は数年前、ジイの内臓摘出の大手術の深夜、家族用補助ベッドから落下して額を裂傷打撲、病棟は大騒ぎになったという事故でしょう。医師とスタッフは驚き、感服したのは挫傷の出血顔面より手術当夜に昏睡できる土性骨だったとか。以後ジイはもっとニヒルになったようです。

この日、パパは愛着のコミュニケーションのつもりでしょう、大きな手を保育器の中に入れてきました。看護師さんが家族らにスキンケアを勧めるのです。

それで、どなたかが指でおでこや頬に接触してきた場合、ボクは知らん振りを装っていますが、手に指をからめてきたら、これはもう社会的儀礼で、握り返してあげます。これぐらいはボクにだってお茶の子さいさいなのですが、どういうことか、みなさん、キッキと喜び、感心されます。侮るなかれ！

ところが、パパはバンドで固定されているボクをおもむろにつかみあげ、手のひらにのせたのです。そして、上下にユーラユラとやったから、ボクはビックリ、声帯未熟も忘れ、悲鳴をあげたものでした。

胎内遊泳だって、これほどではなかったから。

「やめてください！　落としたらどうします」

ちょっと向こうからこちらを伺っていたらしいスタッフの一人がヒステリックに叫びました。パパはちょっと無造作過ぎるというか、機微に欠けているのです。それでも、ボクはわがパパの顔を見定めようとはしませんでした。一度だけ、ちょっとだけでも見届けておきたかった。悔やみきれない話です。

七月三日
スタッフの記録
「母乳５㎖×３時間ごと
朝、便を出してあげたから、お腹がすいたのか、ミルクの前にはもう口もとをムクムクしていました。
このところ、打って変わって元気がありません。今日、パパ、ママ、ジイちゃん、バアちゃんたちが会いに来ました。元気出して」
バアちゃんの記録
「一週間ぶりに面会に来ました。頭を固定拘束されながらも、誉之介薄目を開いて、ジッと何かを見つめています。体つきもしっかりしてきたようですが、体調が芳しくないのだってね。負けずに頑張ってね」

七月十四日
スタッフの記録
「母乳5㎖×8
手足を動かし、声もなく泣いている誉之介くん、またまた体調が思わしくなくてかわいそう。でも、おしっこも出ています。誉之介くん、がんばろうね」

ボクはお腹がすいたら、口をモグモグしたり、おしっこしたら、お尻ふりふりしたり、何か苦痛なら目をギュッとつむったりして表現します。今日生まれて二十四日目にして初めて泣いたように思います。東照宮のおサルさんよろしく、見る聞く話すこともない胎内住まいのボクは突然人目にさらされ、触れ、成長を促されることにいささか疲れてしまった。だから体調不良の叫びです。でも、嗚咽が漏れた程度です。これまでも泣こうとはしたのですが、声が出なかったのです。ボクの口と鼻に差し込まれたチューブに阻害されて泣くにも泣けなかったのです。言葉をもたないボクにとって、これは一番の苦痛です。

しかし、手段はあって、不自由でも手足と頭を動かします。発作的に保育器のベッドをまさぐり、かきむしり、足は宙を蹴って、スタッフのみなさんにまたチューブを抜くんじゃないかと心配させることになります。

七月二十一日

スタッフの記録

「母乳五㎖×8
生後一ヶ月！おめでとう。写真撮りました。
よく撮れてるよね、ノートに貼っておきます。
身長二九、五㎝、頭囲二三、四㎝、胸囲一七、八㎝　体重五五〇g。こんなに大きくなりました」

生後一ヶ月ということで、保育器の中でうつぶせの写真と手形、足形をとってもらいました。手足の長さはそれぞれ三、七㎝、四、〇㎝です。大きいはずはない。臨月満期で誕生した赤ちゃんよりはずっと小さいでしょう。

この頃ボクは連日体調不十分でものういし、日中ずっとうとうとばかり。日常生活のモチベーションがほとんど伝わってこないから、退屈、憂鬱、もやの中で生活しているようで我ながら生気が感じられません。危ういのでしょうか、ボクの健康。

ママのお腹の中だと、パパが熱中するサッカーのテレビ中継とか、バアちゃんの台所のお仕事、それに電話でお友だちと大声で話をする声がビンビン届くのです。少し秘密をバラしますが、うるさいとジイに叱られるとバアちゃんは受話器を持って外に出ます。そうするともう誰はばかることなく、さらに一オクターブ音量があがるので、隣家まで話は筒抜けになることで有名です。バアちゃんの電話は今も健在なのでしょうか。今、ボクはスランプ、ぐったりです。

そんなことで、ボクは夜昼倒錯してしまいました。「よのすけノート」に、二時半まで起きていたとか、三時までおめめパッチリ、一緒に夜勤したなどと記録されています。短時間睡眠で有名なナポレオンとか野口英世など、赤ちゃんの頃から睡眠が少なかったのでしょうか。これ、習性になったら困るから、回復しないと！

七月二十三日
スタッフのコメント
「母乳七㎖×８」
パパのコメント
「今日は勤務の関係で、面会が八時過ぎになってしまった。頭を固定され、やつれていると聞いて、少し不安でした。でも、一度だけ目をパッチリ開いて、口をもぐもぐさせ、元気そうなので安心安心！体がちょっとずつ大きくなっていくんだね。一時間あまりいたけど、ムクムク動き目を開けてくれたのは一度、それにフワァとあくびも一度。もっと目を開けてパパの顔を見て欲しいな」

ごめんなさい。お疲れのところ、せっかく来てくれたのに。保育器の中は温度、湿度などは完全管理ですし、ボクの安眠を阻害するものは何もありません。それに、見えるということがどういうことかわかりません。ボクの視距離内か脳裡にパパは見当たらない。誕生二ケ月ですから、普通だとパパの顔を覚え、見つめあったり、一緒に視覚的注意ができるのでしょうが、もう少し待ってください。保育器内は快適すぎて、恐れも不安もなく、その分、愛着とか好奇心が芽生えないのかも知れません。

そう、快適すぎて、昼うとうと夜は眼をパッチリ、看護師さんらスタッフの夜勤につき合うことを日課にし始めました。深夜、皆さん手が空くと、決まってボクの保育器を囲みます。励ましの表れが優しい言葉、哀れみ深い眼差しとともに保育器のボクに注がれます。

やがて、照明が半減されました。いつものことで零時をまわったのでしょう。

「ね、ね、聞いた？　ドクターがお二人揃って退職表明したって」

時々、ボクは聞き耳をたてることもできるようになっています。部屋の照明にあわせて声もトーンダウンです。はて、ボクに何か治療ミスによる珍奇な病気が見つかったとか。

「見たわ、驚いた。Ｇ新聞なんか、昨日の夕刊トップよ。お一人は開業、もう一人は副院長で引き抜かれたって出ていた」

「それ、嘘ね」

ボク担当のオオカワラさんの声です。彼女は中堅で事情通らしい。

「うそうそ！　嘘に決まってる。抗議の退職よ。病院改革の方針が人員整理ばかりでドクターは皆さん嫌気をさしているって」

一部病棟は閉鎖の噂もあって患者さんの出入りも減少傾向とか。

「そうよ、誉之介くん、世の中厳しいのよ、もうお休み、なさい」

どなたかお一人が遠慮がちにあくびをしましたら、お二人が続いて真似たようです。ボクは初めて人間社会にふれたのですが、病院が混乱するとボクの健康とか生活も危ういのじゃないのかな。

七月三十日
ジイのコメント
「ジイちゃんですよ。一週間ぶりの対面ですが、漸く成長が実感できたという感じです。顔色は人肌らしく、頭髪は乳児らしく見えます。週に一度ずつ来るのが楽しみです。毎回写真を撮って、成長記録として残しておくようにしよう。お医者さんは、一年は風邪をひかせないようにとのことだから、くれぐれもお大事に。誉之介の目、とても美しいよ」

この日、ジイが「誉之介の目、美しいよ。澄んでキラキラしてるね」そう感想を漏らしました。死期迫りつつある祖父のそれを思い出したらしいのですが、そこまでは言いません。バアちゃんは「泣いた後だからでしょう」と、受け流しました。前回の面会のときは、ボクの生理的笑みにジイが「あっ、誉之介、笑ったゾ」と、頓狂な声。他の誰も気づかないのにホント、鋭いところがあります。現職の頃、エンジニアだったそうで観察眼が違うのかな。医師の先生やスタッフ、あるいは家族が目を向け、関心をもつポイントからそれたことに目が届くことがあります。が、さすがにジイもこのとき〝澄んでキラキラ〟の異常に何も不審を抱きませんでした。

八月四日
スタッフのコメント
「母乳九、〇㎖×8

食欲が今一ですが、手や足の力がずいぶん強くなり、毎日の成長が楽しみです。

今日は目の検査です。一緒に頑張ろうね」


パパとママは仙台・松島方面へ日帰り旅行で面会はお休みです。仙台七夕では短冊に書き入れて、ボクの成長を祈願してくれたとか。

ボクはまた一つ、普通の赤ちゃんの仲間入りをさせてもらいました。これまでずっと、時間ごとにドクターが腸洗浄処置をしてくれて、あとはガーゼをあてていただけだったのが、オムツをつけることになったのです。もちろん、Sサイズでおシッコ対応です。ジリキダップンはまだです。

オムツはうなじ近くの肩甲骨を隠すくらいまで上がっています。何とも見栄えのしないファッションなのですが、三十cmに満たない短躯なので致し方のないことなのでしょう。それにジイが異常じゃない？　と尋ねましたら、オオカワラさん、実はとおっしゃった。最近、下腹部に違和感を覚えてはいたのですが、しかるべきところでない部分が膨張してきているようです。少しずつ、身体に異常が発生してきているようで不安。日も検査するって、悪いのでしょうか。

八月十九日
スタッフのコメント
「母乳十三、〇㎖×8
今日、誕生六十日となりました。手足に力が出てきて、動きも活発です。

頭囲二六cm、胸囲一九、三cm、身長三六cm。

パパのコメント

「今日は夏休みをとったよ。ママが昨日から職場復帰したので、送迎をしてやった。体重聞いてビックリしたよ。一週間で八〇gも増えたんだ!やったね、誉之介。目を開けているのを見るのも久しぶり。動画も撮ったので家で楽しませてもらうよ。

昨日の地震、ビックリしたろう? この辺は震度四・四だって。暑いから、アイス買って帰るよ」

暑いから、アイス買って……などと何はばからぬのは、パパの自己中的特異体質なのだそうです。お世辞にも、誉之介に……なんては思考の範疇にないのです。バアちゃんに何度叱られても直らないのだそうです。

3　過ぎたるは障害?

NICUでの『よのすけノート』のスタッフ記録に、ボクの体調不良の合い間合い間にアクティブな日常のさまが連綿と綴られてあります。誕生の翌々日から、

「手足を動かして……」「眠っていても小さな手をこまめに……」「夜も目をパッチリ、元気に手足を動かして……」「そろりと伸びをしています」

一週間目には、「まあまあ元気、自分で胃チューブに手をかけて……。スゴイ!」

まさか水を得た魚ではありませんが、ボクの四肢・体幹の単純な動きはＮＩＣＵから出る頃には、一層夢遊病的で周囲を悩ませることになります。医療機器や点滴棒とボクの身体を繋ぐ種々のチューブなど間断なく揺れて、というよりねじれ交差して混乱錯綜している始末です。乳児らしい動静がなく、看護師さんたちも日毎に奇異の目で見るようになっていました。が、余計な診断は越権行為で沈黙です。おかしい、変だと感じとったのは家族の中でやはり週一で面会をくり返していたジイでした。祖母譲りとしても度が過ぎる、発達障害の徴候ではなかろうかと仮説を立てたのです。

ジイが最近読んでいた文献に、『誕生後過剰に身体運動を行う乳児は発達障害とりわけＡＤＨＤ（注意欠陥多動性障害）の子どもや超低出生体重児に多い』とする報告があり、これについて、『十分な期間子宮内にいなかったため、正常にして必要な胎動ができなかったからではないか』と推論する学者や医師の学説があるようです。いえ、それぐらいの推論なら、学者でなくともできそうですが、この症状障害は後々まで尾を引くのです。

そもそも、胎動とは、受精後七、八週より出現するもので、その過程で子宮に触れ、羊水の抵抗を感じつつ、自らの身体や環境の認知につなげていくらしい。つまり、やがて子宮外生活に適応できるように発達していくための準備運動です。

へ！　オドロキ。ボクは必要にして十分な胎内胎動を補うため、自然発生的あるいは自発的動きを今頃しているという生命の神秘！

「発達障害……やはり、来たか」というのがジイの偽らざる心境でした。でも、バアちゃんは未だそう決めつけません。職務上、たくさんの乳幼児を見てきた経験から、危ういながらも頭を持ち上げたり、向きを変え、寝返りをしようとするのは、いつもぐったり身動きなしよりはましらしいのです。

胎動のほかに、誕生三ヶ月前頃には胎内で羊水を通して聞こえてくる母親の話し方やイントネーションの輪郭、ストレスの習性を知り、言語音と生活音とを敏感に聞き分けているといわれます。少しずつ、音の区別ができるようになり、誕生直後には敏感に音声の弁別ができるのです。ママの声だったら、どんなに美しい声の中からでも選り分けられるでしょう。耳もとでイギリスのスーザン・ボイルおばさんが愛情こめて、「レ・ミゼラブル」を歌ってくれたり、ＡＫＢ４８のハーモニーだとしても関心はママに向いて、例え、深夜狼の遠吠えを耳にしても母のものと錯覚して小躍りし、ベッドから転げ落ちることはないのです。音ばかりでありません。さらに感情を表現するための表情、声あるいは身ぶりのしかたも生得的に備えているようです。

ボクはそのような社会的デビューをするための準備が全然整わないうちに誕生を余儀なくされ、それに長い母子分離です。保育器に隔離されているのですから、抱っこされ、見つめあうなど日常的なマザーリーズもありません。ですから、各種の愛着行動や情動もありません。生理的笑みもジイにチラッとやっただけです。悲しいことに物心つくまで最も身近な存在はママやパパではなくジイでした。

ジイによれば、育つ特異な環境によって、人間とは遠く離れた生活に順応してしまう場合もあるそうです。冒頭に述べましたが一つは一七九七年にフランスで発見、捕獲されたアヴェロンの野生児、正常な人間にもどすために軍医さんが五年間、教育にあたったのですが、感覚機能の改善などのほかは人間社会に適応できるまでの回復は不可能だったといわれます。楽しい、嬉しいときに笑みを浮かべ、悲しければ泣くといった情動的反応は難しかったそうです。犬猫は鳴いても笑った話は耳にしません。似たようなものですね、きっと。

もう一つは一九二〇年、インドの山中の村で発見収容されたアマラとカマラの二人の少女です。年齢は推定で一歳半と八歳くらいといわれています。アヴェロンの野生児ヴィクトールと同じく、狼に育てられたらしく、きわめて野生的で四本足で歩き、生肉を食べ、昼は体をまるめて寝てばかりいて、夜になると目を輝かせて遠吠えさえやってしまいます。

アマラは一年くらいで死んでしまいました。カマラは牧師夫妻に引き取られ、約九年間、人間にもどるために献身的養育を受けたのですが、人間性の復帰はなかなか進まなかったようです。一年余の訓練で直立歩行はできるようになったのですが、走る場合は四本足になってしまうのです。会話も九年過ぎて、ようやく三歳児程度ですし、歩行も完全なものにはついかなわなかったらしい。

ところが！　やがてボクも同じようなことを……これでは人間の可塑性と広い意味での生命力を否定することになります。犬への古典的条件づけによる消化腺の研究で有名なパブロフ博士の繰り返し訓練による研究成果や馴化という言葉さえ否定することにもなってしまいます。犬にできて人間にできないのではノーベル賞も怪しいよね。

でも、人間は新しい適応方式を築き上げることでより上手に進化か変化することもできそうだともジイはいうのです。だからかなと思うことがいろいろボクの行為と表現に具体化してくるのでした。それらが果たして、吉の進化としての予兆なのか、それとも凶とでるのでしょうか。笑えるのか、悲しむべきことか。

第二章

山は越えられるはず

1　目が？

八月二十三日
スタッフのコメント
「ＬＢｗミルク十二、〇㎖×８
体重八三四ｇ
貧血があり、この頃体調も今一なので、お昼から輸血を開始しました。誉之介くんの肌色が徐々にピンク色になってきました。と、同時に動きも活発になってきました。両腕に針が入っている姿は一見痛々しい感じですが、ムクムク手足を動かしたり、お尻を持ち上げようとする動作を見ると、ちょっと安心です。もっと元気になあれ！」

八月二十六日
スタッフのコメント
「ＬＢｗミルク十二、〇㎖×８

今日、夕方から目の検査があります。ちょっとつらいけど、みんなで頑張ろうね」

ママのコメント

「十八時頃から大学の眼科の先生が来て、誉之介の目の検査をしてくれるのよ。ちょっとした病気があるらしいの。小児担当のドクターと看護師さんもついているから安心だね。つらいだろうけど、ひどくならないように治療してもらうのよ。

今日は千葉のおじさんとおばさんが誉之介のお見舞いに来てくださるわよ。家族以外は面会できないから、お家で写真や動画でお会いすることにしましょうね」

メガトン級の爆弾炸裂

どうしたのでしょうか、このところ二度三度と目の検査をされました。知らないお医者さんと思っていましたら、さる大学の先生だそうです。まだボクの視力は不確かなのですが、それは成長遅れではなく、未熟児特有の網膜症という病気が悪さをしているらしいのです。

それで今日、いきなり両眼にレーザー治療を受けたのです。病気の進行を抑えるためにレーザー光線をあてて、網膜のたんぱく質を固めてしまう処置だそうです。もちろん、麻酔をしてからですが、これがもう、とにかくひどい。スタッフ三人でボクの小さな頭と身体と手足を全力で押さえつけます。ボクは恐怖と苦痛で火を吐くような鳴き声で叫びます。でも、医師たちは戸惑うことなく意識もうろうの頭の中でメガトン級の稲妻と爆音を突然炸裂させる感じです。ボクは多分、一メートルほど飛び上がって、保育器の天井にぶつかって落下したに違いないよ。出生の現実を知っていますから、どんな治療も甘んじて受けますが、先の頭部固定に続いてこのレーザー治療は好きになれない。いえ、大嫌いです。保育器の上蓋を破って飛び出したいくらいだよ。他の治療法に冷凍凝固があるそうで、そちらは効果が芳しくないのでしょうか。ジイがいないと不安だよ。先生は一、二日の後遺症をがまんすれば、九十数％治癒できるといっているそうだけど、あのピカドンの猛烈な炸裂からすると、ボクの将来を左右するほどの病気かもと考えちゃう。生きるって、恐くて辛いものなんだ、ね。

八月二十七日
スタッフのコメント
「LBwミルク十三、〇㎖×8
昨日、レーザー治療頑張ったね、誉之介くん！　治療のストレスでおしっこの量が減り、身体にむくみがでてきてしまったの。だから、おしっこをもっと出すお薬を朝のミルクと一緒に飲みました。
その後は順調におしっこが出ています。
誉之介くん、元気が出てきたようでいっぱい手足を動かしています」

八月二十八日
スタッフのコメント
「LBwミルク十三、〇㎖×8」
バアちゃんのコメント

「目の治療をしたと聞いて、皆とても心配していました。恐い病気じゃないといいけど。病院に眼科医がいないから、部外から来られるらしいけど、ちょっと心もとないわね。でも、腫れもひけ、目の赤みもとれて、ちょっと安心しました。誉之介はこれからもいろいろなことがあると思うけれど、家族一同応援しているから、頑張って乗り越えていこうね。赤ちゃんの病気は家族の責任。誉之介の病気は家族みんなで分けあうつもりだよ。大丈夫、良くなるよ。お家でみんなお祈りしているからね」

九月五日
スタッフのコメント
「LBwミルク七、〇㎖×8
体重八七八g
今日、呼吸器の抜管をして、お口まわりがずいぶんさっぱりしました。やったね！　誉之介くん。頑張って呼吸しています。この調子だよ。フレーフレー！」

九月七日
スタッフのコメント
「LBwミルク九、〇㎖×8
体重八八〇g

今日から少しミルクの量がふえました。
頑張って、自分で呼吸しています。泣いて、自分で顔の向きを変えたり、元気一杯です」
パパのコメント
「目の検査、今終わったね。Sドクターの説明を聞いたけど、進行はしていないらしい。検査の前、誉之介の泣き声聞いたけれど、とてもいい声に聞こえたよ。ママが小さな手に触れると、ちょっと泣きやんだね。今夜も暴れん坊になっちゃうのかな。あまり、看護師さんを困らせないようにね」

九月十三日
スタッフのコメント
「LBwミルク十三、〇㎖×8
体重九三四g
今日、保育器にサヨナラして、コットに出ることになりました。器外の温度に慣れるように九時十分に保育器のダイヤルをオフにしました。十一時十分にコットを出る予定です。
ヨッちゃん、ママがお仕事終わってきたら、ビックリするんじゃない？　これからは、時間を気にしないで抱っこしてもらえるね。
肌着がまだちょっと大きいけど、今日のヨッちゃんはぐっとおにいちゃんに見えました。外の空気にも少しずつ慣れていってね。

コットに移ったら

遅ればせながら、カプセル型保育器からコットのそれに移りました。誕生してもう三ヶ月、成長の証しで家族の面会は自由です。ところが、未完成の胎児が何らかの原因で母胎を這い出て、外気に触れることになりますと、近代医学をもってしてもカバーしきれないマイナス症状が生じるようです。ボクは先ずアトピー症とヘルニアに見舞われました。

ヘルニアは看護師さんがボクのおむつ替えをしているところをのぞき見していたジイが、「ちょっと大きすぎやしないか」と再指摘。

スタッフのみなさんはすでにご承知の様子で、「ええ、大丈夫ですよ。もうちょっと大きくなったら、簡単な治療で治りますからねえ、ヨッちゃん」と、こんな具合です。あれもこれもと異常を数えあげたら気の毒と、家族には話さなかったのかも知れません。

それに加えて、ここ二、三日、目の検査を頻繁にされます。保育器を出てからは、ジッと見つめ、不確かな視力ながらパパママとか、ジイやバアちゃんを脳の奥に印象づけようとしていた矢先です。もう少し様子を見ようとか、進行はしていないという診断が出て数日後、突如身辺急を告げ始めたのです。一度ピカドンのレーザー治療をして下さった眼科の先生がまた検査をしてくれます。

入院している病院は総合病院ですが、眼科はないので医療機器が万全ではなく、在籍医師もいません。遠くの大学から招かれて、週に一、二度専門医がやってきます。それが午前だったり、夕刻を過ぎてからだったり神出鬼没、ママが診察に立ち会うために何時間も待たされたりします。とても一刻を争う雰囲気ではないのです。

当然にもジイはこの頃から、ボクの目の症状について多少知識を獲得しつつありまして、眼科診療の整っている病院に転院すべきじゃないかと病院と往診の眼科医の対応に不審を抱くことになります。が、祖父でもあり単刀直入の進言はひかえたのです。それがやがて……

九月十七日
スタッフのコメント
「LBwミルク十六、〇㎖×8
体重九八〇g
体重は毎日少しずつ〝アップ〟し、ほっぺもプクっと膨らんで成長が楽しみですね。そして、明日ヨッちゃん生誕三ヶ月！　早いなァ。そしてまた、明日には点滴抜けるかも……
今日もやはり、昼間はスヤスヤ眠っているか、目覚めていても、キョロキョロ周りをうかがうだけでおとなしく、お利口さんにしています。ヨッちゃんは夜型？　夜勤のときに一緒にあそぼっか！」
ジイのコメント
「保育器から出て、初めての対面です。体重1kg到達も間もなくで顔色もよく、もう安心です。担当ドクターの話では二、三日で点滴をやめられるそうです。なんとか並みの赤ちゃんってとこだね。この調子で行くと正月前には退院できそうだ。めでたい新年になることを祈っています。ミルクを一杯飲んでがんばれ」
ママのコメント

「誉之介、今日はジイちゃんバアちゃん、パパにたくさん抱っこしてもらって良かったね。目をパッチリ開けても視線が定まらず、いろいろな表情見せてくれたわねえ。そのたびにみんな、大喜びしてたわ。

ドクターから、『右眼は落ち着いてきた。左眼の一部だけレーザー治療をする』って、お話があったわ。ほっと一安心だわね」

体重測定の結果、ボクは1kgを超えて、一、〇二六gです。昨日より一昼夜で四十六g増えたことになります。体重増量の割合は順調といわれていますが、二～五〇gくらいと幅があります。

ママがボクのために肌着を縫ってくれた。早速着せてもらったのですが、襟にブルーの太い縁取りをしたもので、スタッフのみなさんから絶賛を受けました。ママはどちらかというと不器用とかで、ほとんどミシンは使わないのですが、このときばかりはボクを写真に収めたり、次はもっと大きめのをとか得意満面でした。ボクも雰囲気にあわせて満足そうな顔つきを演出してやった。思いやりかな。

九月二十二日

スタッフのコメント

「ＬＢｗミルク十九、〇mℓ×7

体重一〇八八g

今日からミルクの量がさらに増えました。が、レーザー治療のため、保育器に戻り、一回お休みです。でも、体重は昨日より、プラス一〇gです」

今日突然、狭いコット内に検査と治療用機器、それに数人の手が侵入してきて、強い抑圧と光に見舞われた。声をふりしぼって泣き喚き、抵抗するのですが、容赦してくれない。長い処置がすむと、ボクはもうグッタリ。それに瞼は腫れ、視界は数時間暗黒の闇。

必要な検査、避けられない治療なら、もっと患者に優しい医療技術を開発して欲しいものです。荒療治ほどに眼は重篤なのかな？

ママのコメント

「検査、治療とよく頑張ったね。眼科のSドクターより『良い方向にいっている』という話を聞いて安心しています。目の周りが赤く腫れて、痛々しいけれど、良くなるからね」

九月二十三日

スタッフのコメント

「LBwミルク十九、〇㎖×8

体重一一一二g

ヨッちゃんのパパママ、ジイちゃんバアちゃんが来てくれました。みんなの前で体重を測ってみました。昨日からプラス二十四g！　みなさん、喜んでくれました。

ヨッちゃんのパパとママ、仲良しだね、これから二人でキャンプだって。ヨッちゃんも早く一緒に行けるようになるといいね」

ジイのコメント

「定例の土曜日面会を早めて九時という時間のためか、朝寝坊から目を覚ましてくれない。昨日、目の治療をしたそうでそのせいもあるのかな。

誉之介が退院したら、洗濯物も多くなるだろうから、少し広めの物干し場が欲しいとかねてよりママやバアちゃんから要望があって、車庫のスラブ上に建設中だったのがほとんど出来上がりました。鉄筋入りの基礎から、大工、屋根工事と全部、ジイがやりました。誉之介の受け入れ態勢は整いつつあります。健やかに成長することを祈るよ」

バアちゃんのコメント

「秋分の日、おはぎを作って仏前に供えてきました。来年春の彼岸は誉之介も自分のお家で迎えられるね。

パパとママがキャンプに出かけるので、今日は午前中も早めに来たからでしょう、誉之介は目をつむってばかりで、声を聞くことが出来ません。毎日少しずつ、体重が増えていて、成長がとても楽しみです」

九月三〇日

ママのコメント

「昨日の眼底検査の結果を担当ドクターから聞いたわよ。何といわれたと思う？　もう大分落ち着いたって。ホッと安心だね。一週間前に左目の一部をレーザー治療したとき、良い方向に向かっているということだったので、治療の効果が出ているわけだわ。誉之介が頑張っているからよ」

十月六日
スタッフのコメント
「ＬＢｗミルク二十四、〇㎖×８
体重一四〇四g
今日は眼科の検診がありました。ちょっとまぶしかったネ。頑張ったヨッちゃんのごほうびは？
……ママの抱っこがいいネ。
症状は落ち着いてきているので、これからは検査も二週間に一度でいいって。良かったね」

へェー！　検査は二週に一度だって。万々歳です！　もう……ボクがもし、もっと腕力、脚力などあったら、逆立ちで病棟廊下を五往復してご覧に入れたいくらいです。何といったって、治療に名を借りた、あの暴力的仕打ちはどうにも我慢がならない。抵抗の手段もないものに、大の大人が力ずくで押さえつけ、つむった目をこじ開け、望遠鏡らしきものを押しつけ、さらに広島、長崎みたいなピカドンを照射される。あれが暴力以外の何でしょう。もっと科学的な方法はないものか、ボクの基本的人権を尊重し、インフォームドコンセントなどに参加させていただけるなら拒否したいものです。これ、わがままかな。

ところで、ボクの目の病気は未熟児網膜症というのだそうです。ボクが在胎二十六週余で生まれたとき、ジイは未熟児の後遺症など調べたのですが、今回も一生懸命だったようです。知識を獲得し、できれば予防、そして早期発見、早期治療というのが信条です。

その調べによりますと、母胎で成長する胎児の網膜は視神経乳頭部から発達しつつ伸びる血管から酸素の供給を受けて、育成します。これは出生のほぼ一ヶ月前まで続きます。

ところが、何かの要因で出生が早まり、在胎三十四週未満、あるいは一八〇〇g以下の低体重で出生すると、生後三〜六週頃に網膜症が発症するといわれています。発達しつつあった網膜血管が収縮または閉塞するからです。原因は保育器における酸素供給量とか、栄養を補う点滴など水分量が原因であることが多いそうです。

網膜への酸素供給がなくなると、酸欠を解消するため、閉塞した血管の周囲に新生の血管が活動することになります。自己蘇生でしょうか。人を含めた動物にはこのような生命力機能が多くあるらしい。そうなると、ほとんどの病気の症状は進行がとまって、自然治癒となるのだそうです。

罹患乳児のうちのごく一部、五％くらいの網膜症でさきの新生血管が網膜から硝子体まで伸び、さらに線維性を伴って水晶体の一部にまで到達することがあると、硝子体、水晶体の線維血管増殖をおこし、収縮することで網膜を引き、網膜剥離そして失明にいたることもあるといわれます。

ボクの場合、病院に眼科がなかったため、最初の検査も遅れたのですが、超低出生体重児にしては発症も遅く、そして、二、三度のレーザー光の照射で網膜のたんぱく質を凝固させ、進行を停止できたのですから、まあ幸運といって良いようです。

だから難病にもかかわらず、その後は二週間に一度の検診で大丈夫、視力も日ごとについてくると診断されたのでした。

この頃になると、医師とパパママなど家族の関心はボクの成長ぶりや、並行して目につくようになってきた下腹部のヘルニアに移行してきたのでした。


十月八日ジイのコメントです。

「入浴のシーンを見て気づいたのは以前よりヘルニアが進行したことだ。順調に成長しているようだけど、万事、というわけにはいかないものらしい。

ミルク飲んでいるつもりなのか、誉之介くん、部屋中に響きわたるくらいに口を鳴らしています。

でも、泣きはしないね。授乳の時間を辛抱強く待つつもりだろうか。

担当医の話では近々、ミルクを哺乳瓶で与える訓練をするそうだ。そうなったら、ジイが抱っこして、腹一杯飲ましてやるゾ」

十月十日
スタッフのコメント
「ＬＢｗミルク二十六、〇㎖×８
体重一四九八ｇ

ヨッちゃん、かわいいから、足形、手形とっちゃった。明日、一五〇〇g超えるの間違いないから、記念になるわね。by・N」

パパのコメント

「こんなに泣く誉之介、初めて見ました。二〇分位泣き続けていたでしょうか。ミルクを飲ませてもらったら、寝るでもなく、おとなしくなりました。ゲンキン！　誉之介は。

十月十五日

スタッフのコメント

「LBwミルク二十七、〇㎖×8

体重一五五〇g

新しい、青い寝巻きのヨッちゃん、可愛い。

経口ミルク摂取がとても上手で、何と！　鼻のチューブが抜けたのね。おめでとう！

ヨッちゃんがとても可愛いので、誰が担当してミルクを与えるか、ジャンケンで奪い合いなのよ」

ジイのコメント

「看護師さんに抱かれていたものを代わってもらったら、違和感を感じたのでしょう、それはもう、一生懸命泣いたね。生後四ヶ月して味わう感動でした。普通の生まれだったら、分娩直後に『オギャー』なんだろうにと思ったら、目頭が熱くなったよ。どんなに大変だろうと、ジイバアが協力してしっかり育てようと決意を新たにした次第だよ。ミルクは口から飲めたし、鼻孔のチューブはとれたし、目出度い正月を迎えられそうだ。担当ドクターとスタッフのみなさんに感謝感謝だね」

十月二〇日
スタッフのコメント
「LBwミルク三〇、〇㎖×8
体重一六五四g
毎日、ママがやってくる時間まで、お利口にして待っている誉之介くんです。体重も着実にアップ中です。今日は二週おきの目の検査だわね。またまた、がんばれ！」

今日、初めてママのオッパイを直接口にふくんでいただきました。感激なんて、特にないなあ。飲みにくいし、味も今一ミルクに及ばずってとこかな。多分、唐突の出産で順調な生産活動にいたっていないのかもね。
また目の検査だって！　どうしたのだろう。医大のSドクターって、いつになっても嫌い。天気にすごい異変があって、先生来られなくなるといいな。

十一月四日
スタッフのコメント
「LBwミルク四〇、〇㎖×8

体重二〇一六g
体重二〇〇〇g突破おめでとうございまあーす。やりましたね！　嬉しいですね！
誉之介くん、とってもお利口で、周囲の赤ちゃんが泣いてもおとなしく、キョロキョロしたりしています。頬もプックリでとても可愛く確かな成長を感じます」
ジイのコメント
「ミルクも明日からフリーになるそうで、あと一ヶ月もすると退院できるらしい。
昨日、親戚の人から聞いたのですが、その身内に約四十年も前、五七〇gの赤ちゃんが生まれたそうです。もちろん保育器もなかった時代だから、りんご箱に毛布を敷き、湯たんぽで室温を保ちながら面倒をみたらしいのですが、結構五体満足、身長は一八〇cm以上の大男に成長したそうです。人や動物には言葉に出来ない神秘的な生命力があるんだ。誉之介くんも負けず劣らず、健やかな成長をして欲しいものです。」

十一月十二日
スタッフのコメント
「ミルクフリー
体重二一九六g
もうすぐ体重が二二〇〇gになりますね。スゴイの一言です」

昨日、耳の検査は異常なしだったらしい。予定の六ヶ月入院期間も残すところ一ヶ月余になっているから、南八幡のバアちゃんの頭はベビーカーばかり。でも、これから冬を迎えるわけだし、気象庁の予報では雪が多いようですから、買うのは退院が確定してからでも良さそうに思うのですが。もしかして、病室に持ち込むつもりでしょうか。

話が変わりますが、昨日、看護師さんたちが三人がかりでまた、手形と足形をとってくれました。普通の生まれだったら、体重とか身長とかの伸びは順調で当たり前なのでしょうが、ボクの場合は病院の歴史上とてつもなく軽量だったもので、体重、身長はもちろん、泣くも笑うもくしゃみやあくびも、果ては寝返りうってもみなさんの話題の種になります。ウンチだって、色とか硬軟度や量が一大関心事で記録されるそうです。

一日の体重増が五〇g以上だったりすると、彼女たちは深夜だって、ベッドの周囲を踊りだします。どちらかというと、ボクは食がとても細いほうですが、一日で七〇gちょっと増えたときは、担当の看護師さんなど涙浮かべ、逆立ち歩行して喜んだそうです。ホント。

足形をとる際に、またジイが足の大きさを測定してくれたら六、五cmで、一ヶ月で約一cm伸びたことになります。だから、ボクの成長は栄養豊かなミルクとかママのおっぱいだけでなく、たくさんの看護師さんの愛情を吸収しているからに違いありません。いえ、外交辞令ではありません。ジイはよくいいます、農作物はお世話してくださる人の足音聞いて育つと。肥料どっさりやって、後は放置したままでは人も動植物も健やかな成育は出来ないのでしょうね。

ところが！　……災害は忘れた頃に、などと注意喚起された学者がいたそうで。

2　未熟児だから？

十一月二十一日早朝、ボクは国道を救急車で南下していました。目指すはSドクターのいらっしゃる大学付属病院です。短兵急を告げ、警報音とせわしく回転する赤色灯が点滅して白い車を染め続けています。車内には担当だった小児科医師ではない医師と看護師さんがむっつりして坐り、それにすっかり滅入ってしまったママが同乗しています。

救急隊のお二人はもっと不機嫌で、転院になぜ病院の車を使用しないのかとか、ボクの容態からして、どうして今日のこの時刻なのか、同乗しているのはどんな人なのかなど、ぶっきら棒に尋ね、咳払いしながら返答を記録しています。

ボク自身もすごく戸惑っています。仮住まいのカプセル保育器から晴れて脱出ができなかったばかりか、人生初の乗物が救急車とは！　ボクの今後を暗示しているような気がします。手探りしてでも脱出口のドアをまさぐるべきでした。

経緯はこうです。去る十七日、二週に一度の眼底検査がありました。例のSドクターが例のごとく大幅に予定時刻を遅れて来ておっしゃったのです。レーザー光で凝結したはずの右眼に網膜剥離が進んでいるようなので、乳幼児眼科専門の医師に診てもらった方がいいと。失明の危機？　未熟児網膜症の病状は安定しているということでしたし、事実、検査は二週に一度で十分ということだったので、唐突、青天の霹靂《へきれき》です。なぜ？

しかし、医科大転院後、S医師の説明はもちろん、二度と会うことはありませんでした。

そして、医大乳幼児眼科准教授の診察を受けたのですが、敬虔なクリスチャンでもある准教授は物腰柔らかに網膜剥離がほぼ進行しきっていること、が、施術はしてみたいと聖書を読むように抑揚もなくいったのです。

それまで、ボクの家族は誰も未熟児網膜症の病状を正しく認識していませんでした。看護師であるバアちゃんやママも、そうです。眼科のない病院、週に一度か、二週に一度出張でお出でになる眼科医の診断と治療に全幅の信頼を抱いていたのです。

勉強家で慎重派のジイさえ、ボクの肉体表面の成長に眼を奪われてしまっていたのです。レーザー治療が功を奏したし、授乳もフリーとなった現実に嬉々としていたのです。ジイは文献に、未熟児網膜症には悪性進行も数％あり、それを回避するため二十四時間監視体制の専門病院へ入院が必要とある文章を見つけ、アンダーラインまでしていたにもかかわらず、です。ジイが委ねたボクの生命力は敗北かも知れない。良い方向に向かっているという診断を鵜呑みにして、むしろ超未熟児なので後遺症があるとすれば、大脳周辺かも知れないとする意識が強く、網膜剥離は杞憂という思いだったのでしょう。

だから、網膜剥離を克服するために転院し、緊急手術が必要で、手遅れだとすれば視力を失うと診断されて、家族のショックは想像以上でした。これまでの入院加療は何だったたと。

しかし、現代医療技術とその一端を担うバアちゃんとママはもちろん、追い込まれたジイとパパは地方医療技術トップの医科大学に全てを委ねることで危機を乗り切れると信じたようです。いいえ、もうそれしか道はなかった。ママとボクは救急車に乗車するしかなかったのです。

NICUのみなさんとお別れ

ボクのNICUでの入院生活は六ヶ月、約半年という診断でした。担当の医師や看護師のスタッフのみなさん、どなたもそう思って、日々の医療行為とお世話をしてくれていたのです。未熟児なりに成長は順調だったと思います。

それが、予定の六ヶ月まで残すところ、一ヶ月をきって、きわめて危険な事態展開です。

ボクの家族と同じか、それ以上にショックを受け落胆したのは看護師さんたちでした。超低出生体重で病院の長い歴史に新記録をつくったボクでしたから、担当のオオカワラさんらお二人をはじめ、約三十人の看護師さんとスタッフのみなさんは威信にかけても、一人前の赤ちゃんに成育させ、晴れて退院の日には正面玄関から使命を達成し終えた満足感と解放感が入りまじる笑顔で送り出したいと願っていたのです。だからこそ職責以上の使命を鼓舞し、朝、昼、夜とボクを観察し、医療と育児を試み、果ては入院日記『よのすけノート』に毎日、記録を書き綴ってくれた。疲れて、眠くて、全身が泥のように弛緩しきっていても、ボクを励まし、家族を勇気づける言葉のあれこれをかけ続けてくれたのです。

転院前日、看護師さんたちはボクのことを伝え聞いて、かわるがわる病室を訪れては、ボクにミルクを飲ませてくれたり、写真を撮ってくれたり、励ましの言葉を贈ってくれました。このときの写真はどれも凛々しく写っていて不思議です。日本男児、戦陣に臨むには自ずとこうなるのでしょうか。

担当スタッフの一人は代表して、例のノートに次のような言葉を寄せてくれました。

「今、朝方の四時五十分です。外はまだ真っ暗です。ヨッちゃんはスヤスヤ、おねんね中、夢の中です。

医大への転院のこと聞きました。もしかしたら、私らのケアが行き届かなかったのかなと、とても寂しい気持ちです。今日の出発の際、仕事の都合で会えないかも知れないのでメッセージを書かせてくださいね！

ヨッちゃんなら、大丈夫です。絶対に……手術の大成功を祈っています。素晴らしい家族の応援があるのですもの」

パパはその日の転院前、声を詰まらせながら、「超未熟の子がこれまで成長できたのはみなさんの手厚いお世話のおかげです。誉之介はみなさんの心温まるお世話に報えるためにこれからもきっと頑張ってくれると思います。何日かしたら、元気になって、ＮＩＣＵとＧＣＵのみなさんのところへ顔を見せにうかがいます」と挨拶し、「ね、誉之介、約束できるよナ」とボクをふり返り、無念の涙を飲みました。ママはボクを抱いたまま頭を深く下げたままでした。

医大で手術

転院入院した病棟にたまたま、ママの小学校からの友人という看護師さんがいて、他の看護師さんたちにボクを紹介してくれたり、細々した留意点などをアドバイスしてくれました。ボクはともかく、パパとママにとっては地獄に仏でした。

転院して三日目の午前、ボクはパパママと早朝から駆けつけてきてくれたジイ、バアちゃんが待機する部屋の奥で、両眼の手術を受けました。約四時間ほどですが、その間ずっとママのお友だちもママのために付き添ってくれました。

病室に戻ったボクは頭全部をどこぞのミイラみたいに白い包帯でグルグル巻きされベッドに倒れこみました。病気の重さと手術の難しさを物語って余りありでしょうか。ハラハラドキドキしながら手術終了を待っていたバアちゃんはそれ以後、胃がキリキリ痛み続けたといっていました。

でも、執刀医の先生は包帯や眼帯が痛々しいけれど、明日には外せると平然といい、家族四人を前に網膜症と剥離について説明し、手術は無事すんだこと、退院の見通しやその後の注意すべきことなどを冷静に、というより事務的に説明してくれました。

みんな、ようやくホッと胸をなでおろしました。みんなが頼るべきは医師で医療で、近代科学だと改めて思ったものです。しかし、ジイは医師の通り一遍の説明に懐疑的でした。

「視力は……経過が良いものとして、いつ頃に視力は出てくるものでしょう?」

先生は少し、躊躇していました。

「経過次第で一ヶ月、いや三ヶ月くらいで生活に不自由しない程度に回復すること、も」

ないんだ、そんなこと。ダメなんだ?　全て医師任せがこうなったと、ジイはずっと考え続けていたのです。もっと病気を知って、始めから専門病院での診断と治療を施していたら、この事態は避けられたのかも……

「レーザー光凝固の後の検査はもっと密に行ってもらうべきだったのでしょうか」

ジイの脳裡には助けを求め両手でそろそろと周囲を探り、探り当てられなくておろおろし、泣き叫び、つまずき転ぶボクの姿が忽然と描かれました。子どもの育児や病気は親、家族の責任だろう?　ああ、なんてことだ!　大声で叫びたかった。うっと声を飲むバアちゃんの横顔を見やりました。手を口にあて、眼には一杯の涙があふれていたようです。

「網膜血管の怒脹や蛇行が消退するまで二週に一度の観察というのは標準でしょう。ただ、この病状の特徴は進行が一気に、ほぼ二時間くらいで剥離が進むということもありますので措置とか時期の判断は難しいのです」

だったら、やはりもっとち密な検査態勢が必要だったのではないだろうか？　ジイは文献の文章を頭に浮かべています。が、パパが軽く首をふったので「不自由しない程度の視力」を素直に受けとめて声を飲み込んだそうです。パパは今さらジタバタしてもしようがないという腹づもりだったのでしょうか。

ボクの手術について、ジイは医学書をあさり、それから得た結論は、網膜のレーザー凝固の範囲が不十分か、時期に誤りがあったのでないかということです。生後四ヶ月頃が最も適当な時期らしく、逸すると、その後の網膜発達が平均化しないし、早すぎると、凝固が不十分となり、再剥離が発生し易いらしい。病状にもよるでしょうが、ボクの場合、最初の凝固治療は両眼とも八月二十六日でしたから、誕生して二ヶ月ちょっとで施行しています。発病と進行が早かったのか、先送りは不可能だったのでしょうか。

もしかすると、他の原因も相乗的に働いて、急速に進行したのかも？　超低出生体重児は非定型的な病変が生ずることもあるようですから。いずれにしても未熟性の強い眼に対しては網膜血管の吻合、怒張や蛇行などの走行異常か出血が見られるとかで、進行経過を見逃さないことが大事ということらしく、ここでのチェックが叶わないと次の検査日までには間違いなく剥離は生じるようです。つまり、不安定要素があるなら、頻回の検査を心がけるしかない。二十四時間の監視態勢が要求されるゆえんで、こうなりますと専門病院でも少々対応が難しいし、その上、後でも述べるのですが、未熟児網膜症に効果的な薬剤とか注射などはないそうで、難病以上に扱いにくい、恐い病気ということになります。

　でも、ボクは見えないということがどういうことかまだ判っていません。ボクは病気の深刻化による担当医師や家族の戸惑いなどに馬耳東風でかつまた孤独でした。医大病院でもやはり、母子分離の日々で憂うつな暮らしです。体重だって、ようやく二五〇〇gをクリアしたところです。ミルクも毎日チョピチョピとやっていたのですが、飲み始めてすぐに食欲減耗、哺乳瓶を避けて横を向いてしまいます。嬉しかったのはジイとバアちゃん、それにパパが初めて病室に来てくれたときです。乳児が一人ずつ体重測定中でした。裸で体重計のカゴに載せられたり、係の看護師さんに抱き上げられたりしていたのですが、突然、ガラス戸の向こうから、「あの子、誉之介だろう？　そうだよ、間違いない」とジイの声が聞こえたのです。バアちゃんとパパはその位置から距離のあるボクを断定できかねているようなのです。ボクはママや前の病院スタッフよりも慣れ親しんだジイがなつかしく、ふわっと陽気になれたのでした。

　ところで医大病院で唯一の楽しみは看護師さんたちとの会話なき、いえ、声なきコミュニケーションです。周囲からのケアとしてのアプローチに敏感に応答すると、みなさん大喜びなので、そのコツも飲み込みました。もちろん、幼児語の特殊モーラでマザーリーズされても言葉の発声は出来ませんが、二、三回と繰り返される呼びかけは無視します。三、四回目頃に不意に初歩的情動反応を小出しにするのでこれで、ボクのまわりはドッとわきます。調子をあわせて両手を突き上げ、緩慢に振りながら、笑みをそっとつくるともう喝采です。ママが看護師さんたちから種々困ったことがあったら、遠慮しないで申し出てくださいなどと、お愛想をいわれるのはボクのブリっ子演出があるからです、はい。

手術の前日、ボクの写真をカシャカシャ撮ってくれたスタッフの女性がいました。これは前の病院も同じなので、形見を、いえ、もしやに備えて遺影を残すつもりかと少しひがんだりしたのですが、不安、恐怖、あきらめ、喜びなどまぜこぜにして滑稽な表情でポーズをとってあげました。ドラえもんよりもっと表情豊かに、和服の小泉元総理よりもっと堂々と。

こんなことで、ママやバアちゃん、それに男性家族も少々気が楽になったようで、手術によって網膜剥離は回復するかもと希望的観測をも抱いたのでした。

手術はすんで

それで、医大の乳幼児眼科の准教授はどのような施術を試みたのでしょう。

一般にレーザー光による網膜血管の凝結後に発症する剥離は裂孔原性と牽引性のものがあって、ボクのは後者です。いったん凝結された血管の代わりにできた新生血管が虚弱ながらも増殖して硝子体へ流出、混濁する。それがさらに増殖して水晶体まで伸びるらしいのですが、この増殖したものが収縮することによって牽引性網膜剥離を引き起こすのだそうです。

対策としてとられるのが、剥離した網膜にシリコンバンドを縫着して復位させる輪状締結術です。うまくいくと、網膜は復位し、牽引などの悪さをする新生血管も消滅するらしい。このへんの治療は察するところ、イチかバチかの賭けではないでしょうか。通常の患者ですと先にも申しましたように九十五%以上の高い治癒率のところ、ボクは超低……ですから、網膜にまだ本来の血管が生じていない部分があって、例え復位しても強度の近視に発展する可能性だってあります。でも、そんな先のことより、現在、失明の危険があるとすれば、避けようとするのが医師の選択ということです。

翌日、眼帯が外され両眼はぼってり腫れて痛々しい印象を与えたらしいのですが、ボクはいたって元気でミルクを飲んで、手足をおおげさに間断なく動かしていました。視力は両眼とも手術効果は未だありません。体重は二六三二gで、食っては寝、食っては寝の毎日ですから当たり前です。というより、検査とか手術は泣いてわめいて、体力を消耗しますので、意外に食欲が出てしまうのです。。

二十八日に射したままだった点滴針もとれました。遠く、吾妻連峰から冷たい風にのって雪が飛んできています。術後経過は順調で夕方、准教授より「あと一週間ほど様子を見、来月五日の検査がすんだら」と、また言葉足らずで事務的にいわれました。ご託宣？

当然、パパとママは快方への道筋がつき結果として退院と受けとめたのです。看護師さんたちさえ『よのすけノート』続篇に「ママは勤務終了後に電車で、パパは忙しい中、夜遅く車で駆けつけたり、大変お疲れ様です。順調にお家に帰れることを願っています。明日、また写真を撮りましょう」なんて書き添えてくれていました。

長かったし、みんなにいろいろ心配もかけました。ボクは何度も痛い目にあったけど、なんとか五体満足？　辛うじて五感整って退院できそうです。家族はボクの門出を祝うように退院前の診察に立ち会いました。お医者様は現人神で生き仏です。検査で泣かされることに慣れたボクの嬉し泣きは大きくて激しく、広くて長い廊下の端まで聞こえたそうです。ボクはもう、地声で泣けるようになっていたのです。

さて診察後、准教授は先の言動をすっかりお忘れのようで家族四人に、「退院はあり得ない」と、さもそれが既定方針だったような言い方をしたのです。パパは冷静ながらも耳を疑い、バアちゃんの落胆のさまは眼に余るほどでした。眼のことより、こんな遠いところの医大病院にママとはなれての延長入院は可哀想だとまた涙声なのです。

本当に一体全体どうしたのでしょうか。手術後、確かに准教授は手術を〝成功しました〟とはいわず、〝無事終わりました〟といったと述懐したのはジイでした。そんな言葉の綾にみんな一層言葉を失ってしまいました。

「いや、それはそうだが、一旦こんな大病院の専門医に手術していただいたのだから、もう後の心配はない、完治したと自信が持てるまで入院させてもらうのも、誉之介のためかも知れない。オレさぁ、お金タアクサン持ってんだから、部屋、特別室にでも替えてもらおうか」

とパパです。ところがこれが、ジイの気に召さなかったようです。

「お前、もうちょっと誉之介の病気、勉強してみたらどうだ。成り行き任せ、医者任せじゃなくてさ。事態はだんだん厳しくなってる気がしてならないよ」

その夕方近くになって、明日、准教授と麻酔科の先生から話があるので、両親とも来院するように指示がありました。またも風雲急を告げているのでしょうか。

パパは午前中、大事な仕事の予定があって午後三時過ぎ、雪の舞い散る中を病院に駆けつけました。さすがに険しい顔つきで、食いしん坊なのにママに尋ねられると、昼食を食べたかどうか覚えがないという。そんなパパに准教授は、

「左の眼をもう一度、手術したほうが良いのかな」

と、またも他人事のように申し渡したのです。輪状締結した右眼が安定せず、むしろ剥離がさらに進行しているようなのです。網膜から立ち上がった増殖組織が勢いづいて硝子体から水晶体付近まで伸展し、網膜が襞状になって剥離が促進され、全剥離状態になりかねないらしい。要するに手遅れで、せめて可能性のある左眼に望みをつなぐ方針のようです。

前回手術からちょうど一週間を経て、GCUから眼科病棟へ移り、翌十三日、再手術は実施されました。

医大はもちろん完全看護ですがボクが乳幼児である上、この先の人生に大きく影響する手術ということで、その夜からママが付き添い看護をしてくれることになりました。

この数日、ジイとバアちゃんたちのボクの病状を心配する心情は計り知れません。それにパパから、手術後三日間は面会謝絶と言われて極限に達していたようです。だから、四日後にボクを見舞った際、水晶体や硝子体を突き抜いて、剥離した網膜を切除したと聞いて即座に、「どうして、そんな大事なことを私らにも相談してくれないのか」とママに苦言を呈したほどです。水晶体などを犠牲にしたイチかバチかの最終勝負と早とちりしたのでしょう。落胆のしようったらないのでした。が、この詰問はわが子意識の強いママの脳裡に長くとどまるのです。

医師からすれば、再度治療を試み、網膜の全剥離を阻止し、視力回復の可能性を残したいというのが当面の目標で必要欠くべからずの手術だったのでしょう。そのためには一刻も争わなければならない時間との相克もあったわけです。だから、家族全員を入れたインフォームドコンセントにこぎつける時間的余裕がなかったのかも知れません。さらにボクの体調が不安定で二回目の手術が不可能になり、両眼とも視力不良になることも想定しなければならなかったらしいのです。

しかし、実は医科大の最初の手術でさえ、S医師に網膜剥離が診断された後たっぷり一週間も経ていました。そして、一ヶ月後にボクを診断した東京の著名な眼科医は医大の治療を評価しませんでした。むしろ……

とりあえず退院

医大で二度目となる左眼の手術結果がどうなのかはっきりしないまま、退院の運びとなりました。これ以上の外科的治療はなく、特効薬もないらしい。これで治癒率が一〇〇%に近いというのですから生命の摩訶不思議です。でも、ボクにすればそれより拷問に等しい暴力的治療から解放されるのですから嬉しい限りです。

しかし、再手術に期待をつないだはずのジイたちにとっては判然としない退院で一縷の望みが断ち切られたと同じです。お正月は家庭で過ごさせよとのご指導ですから、やむを得ません。二、三ヶ月内には視力が出るかも知れないという医師の最初の診断にすがりつき、二十日に退院することになりました。師走の空っ風が時おり粉雪を巻き上げていました。身長四五、五cm、体重二九八六g、胸囲二九、五cm、頭囲三五、五cm、生後六ヶ月にして漸く並みの出生児に追いついたといえましょう。

担当医師から退院後のボクと家族の生活のかかわりについて説明があるということで、家族四人がカンファレンス室に案内されました。夕方六時という指定時刻が大きくずれこみ、医師たちが揃ったのは十時半過ぎです。夜勤担当を除き、ほとんどの病院職員は退勤しまして、広い廊下の照明は半減され、冷気がミリミリと音をたてて漂い始めています。

それでもママもパパも、とりわけジイとバアちゃんらは疲れとか寒さを感じとれる状態ではありません。医師から視力を生じさせるため、事細かな取り組みと留意事項が示されるものとはやる気持ちをなだめつつも中途半端では引き下がれなかったのです。

ところが、期待した内容の話は何もありません。ＧＣＵの医師がこれから一年間、風邪は絶対引かせないようにいうのが唯一のご指示でした。時間にして十分余り、肩透かしです。選に漏れたものは慌てず騒がず、裏道をこっそり帰るしかないらしい。

「全て、遅きに失したということか」

ジイが医師の先生たちが部屋を出て行った後、ボソッとつぶやきました。何んて始末だ、何のための入院だったのか？　とは申しませんが、ボクの子守り担当として、盲目にだけはしたくないという今生の願いはかなわないのでしょうか。

ヒューマニストのジイにしたら、今となると悔恨ばかりが頭に満ち溢れ、悔しくて、慙愧に堪えないのです。一部に発症した網膜剥離から全剥離への移行期における医療的対応と時間の浪費に我慢がならないのです。上位ランクへの悪化移行が予想されたら、硝子体手術までは迅速であることが要求され、遠距離の病院転院なら、ヘリコプターさえ利用すべきと説く医師もいます。もし、低出生体重児の網膜症が進行性分類型だったら、レーザー光などによる凝固で剥離への進行は阻止できないというのも最近の知見で、取り急ぎ硝子体手術を施行することが望ましく、良好な成果が得られているという報告もあるからです。

そうでなくとも適宜な時期の輪状締結なら、七十数パーセントの剥離網膜の復位が可能というデータもあり、硝子体手術でも半数程度は〇、一以上の視力発達が期待できるらしい。つまり、時間との闘いも勝敗を分けるとか。

「いいさ、薬も注射もなくたって。誉之介の生命力に賭けよう。人間の身体には理論を越えた蘇生力があるというから……」

ジイは自分がつくってしまった度しがたい雰囲気を払いのけようと努めて明るい口調でいったのでした。

「ああ、そうだよ。誉之介の未来がそんなに曇っているはずないじゃないか。家族全員で切り開いて行こうよ、きっとできる」

と、パパ。「そうだね、わたしの命にかえても面倒みるよ」バアちゃんもそう呼応したのでしたが、迫ってきた見えない敵に緊張して声が上ずっているのでした。流氷に衝突して瓦解しそうでいて、まだそうならない家族の船ですが自らの身震いさえ気づかない。

並大抵のことではないようです。一寸法師は鬼退治をしたけれど、ボクも頑張れるかな。

……ボクは生後六ヶ月して、待ち望まれた〝岩瀬家〟の一員として、開錠された玄関を入ったのです。

将来、ボクが成人して社会にデビューできるとすれば、きっと自分で開けるはずの玄関のドアです。深夜の〇時を回った初冬、家は明らかにボクの入居を拒否して冷たい空気が満ちていました。

第三章 家族と

1　家族とボクの日々

ボクの生活スタイル

ボクが退院する日、担当の医師二人から申し渡されましたことは、風邪を引かせるなと週に一度、通院して診察を受けよの二つです。失明の危険性があるとはいいませんでしたが、時が過ぎれば視力回復の可能性ありともおっしゃらない。それに薬もなければ、注射もない。薬漬け過剰処方が問題視されている現代においてですから驚き。明らかに輪状締結手術の際より後退しています。一体何をどうすればよいのか。

でも、煮え切らない医師を垣間見つつ、ジイとバアちゃんは不憫な生まれへの愛と責務をひそかに感じとったようなのです。ジイは自分も何度か病魔に襲われてもきっと立ち上がり、そして普通の日常を取り戻しています。目立たず騒がず、執念はたぎるのです。

「先ず、誉之介の身体を健康なものに育てよう。健康体になれば、眼への波及効果があるかも知れない。目薬より寝ぐすりというだろう。そうすれば、誉之介の生命力だって燃えたぎる」ということでした。へえ！　結局そういうことですか、近代医療当てにならずと。

それで育児担当ですが、主体はもちろん、親であるパパママです。でも、お仕事がありますから、その間はジイとバアちゃん共同でことにあたってくれます。バアちゃんは週に三、四日のパート勤務がありますので、実質的責任者は無職のジイと決められました。

ジイは退職後の人生は社会貢献の腹づもりだったのですが、ボクの眼の疾患があったため、計画を改めざるを得なくなってきたのです。とにかく家族揃ってすべての努力をし、この先網膜移植手術が可能なら、資金的準備もしておくべきというのです。そのため、親もバアちゃんも精一杯働くのです。それらの任務から外れているジイは子守りも脇役ぐらいならと腹をくくっていたようですが、養育行為が例え祖父たりとも基本的で適切な潜在的レパートリーは男女等しく備わっているというのが医学と教育学会の常識らしいのでクリアです。ただ、ボクは誕生後長く、母子分離がありましたので、さらに母子の依存関係を妨げることがあってはという心配もあったようです。が、幸か不幸か、長期の母子分離と超未熟児ゆえの成長遅れとボクの視界不良が幸いして大丈夫。

さて、主なる生活拠点ですが、夜は二階のパパたちの部屋、朝目覚めてから日中は階下の玄関を入ってすぐの応接室です。ここはジイの書斎兼用でもありましたから、浮かぬ顔つきで茶の間奥のお座敷が良いのではと、主権を主張したのですが、バアちゃんに押し切られたのです。日当たりが良くて、道路の騒音も遠く、暖冷房の効率からみても適当な広さだったのです。早速、サークルつきのベビーベッドとボク専用の整理タンスが持ち込まれました。代わりに、地震があると危険ということで、ジイ好みの絵と写真は額ごと外され、民芸調の装飾品も落下倒壊の恐れありで飾り棚から撤去されたのです。

「天井のシャンデリアだって危険だろう」とジイは抗議したのですが、一瞥の眼を向けられただけで無視されました。

「とにかく、家中が誉之介中心のライフスタイルに変更すること。風邪を引かせない、危険な目にあわせないこと。健全な体が育まれ、結果として視力が回復してくれたらいうことない、あなたの持論でしょう」

と、バアちゃんは変更を認めません。

そういうことで早速、ジイとバアちゃんは想定外の生活を余儀なくされたのでした。ママは職業柄、月十回近くの夜勤がありまして、そんな夜はパパの添え寝ではちょっと不安ということで、ジイ、バアちゃんたちと一晩一緒に宿泊することになったのです。さらに、ボクが深夜に目覚めて泣きわめくか、泣かないまでも奇声発声をしてパパママあるいはバアちゃんの睡眠妨害をしますと、勤務に支障をきたすといけないので、そのたびにジイがボクを抱き、毛布かかえて応接室へ撤退を余儀なくされます。よって、岩瀬家の波穏やかな生活は転換やむなしとされたのです。一番被害を被ったのは間違いなく、ジイです。でも、世紀末の惨事は回避し、乗り切らなければなりません。

この頃、ジイはある分野の研究に関心を抱き、猛勉強の毎日だったのです。社会人枠の試験にパスすれば、大学院入学も望んでいたのでした。でも、ボクを預かれば予定通りにはいきません。ボクは寝たいときに寝て、起きたい時に起きて、泣き、わめき、笑って、ミルクを要求し、当然にも排尿をします。その合い間にジイの生活をはめていくしかないのですから、還暦の向学心はご破算です。

ところがジイは当て馬を不承不承引き受けたのかと思いきや、そうでもないようです。望まれれば無碍には……というのとボクの育児に参画し、生命力の何かを観察してみたいという興味と家族としての義務感もあったようです。子どもの病気は保護者の責任、医師の不可能を可能ならしめる何かを手繰り寄せようと、意志強固で逆境にめげないのです。ボクのためなら、祖父母とも米ロの衛星に乗り込むことも厭わないだろうし、太平洋を歩いて渡るともいいだしかねない覚悟で臨戦態勢です。ボクも心なしか、勇気がわいてきたように感じました。さて……

家族は睡眠不足

ジイが採った育児方針は抱き癖をつけさせないこと、つまり、泣いても笑っても、あるいはどんなに媚びを売ってもほったらかしにする、一人寝に慣れさせるということです。

ところがボクが岩瀬家の仲間入りして翌日には退院を心待ちに、あるいは生きるか否か、生きるにしても五体に異常ないか心配していた親戚や隣人知人が入れ替わり、お見舞いとお祝いに訪れるのです。四三八gで誕生した未熟児に興味津々なのです。顔は普通で目鼻はついているか、四肢は立派に人間のものか。泣いて笑って、排泄はするのだろうか。果ては、この子はこの先、生き永らえられるかと興味と関心は募ってはち切れそうなのです。

しかし、残念にもボクはそれらの注視の眼に耐えうるだけの容貌がまだ整っていないのです。頭はテニスボールほどで、額の中央部から後ろに一条、一昔前のサッカー選手ベッカムの往時の髪型に似せて、ポチョポチョと猫の毛よりもっとやわらかいものがくっついているだけ。それに頭皮はママやバアちゃんがシャンプーをとっかえひっかえして洗ってくれるにもかかわらず、フケが浮き出るアトピー性皮膚炎です。視力のつかない眼はうつろで視線を動かす反応に乏しく、挙句にヘルニアです。それでいて、病院のスキンケアに慣れ親しんだゆえジッと抱かれるのをこよなく好きなのです。目覚めていて一人寝などは病院での夜勤以外は大嫌いです。これはボクの個性的特徴つまり気質で養育論や環境論の及ぶ部分ではないのでして、この先ジイばかりか家族全員を悩ませることになるのです。

そう、新年の正月を過ぎてさっそく、ボクの原始的しぐさが偏向的ながら活発になってきました。口が突如開いた途端、ケケケ、ウハハ、ウハハと笑い声を吐き出してしまうのです。夜昼の区別なく、です。特に深夜、誰もが寝静まった丑三つ時がとりわけ気分がいい。わけもわからず楽しいのですから、満面恵比寿様か布袋様のようです。その笑いの合い間に「ウワァ！　アアァ」と叫びます。よく知りませんが天童荒太の『永遠の仔』にいう夜驚《やきょう》のようなものでしょうか。診療で医師やスタッフに暴力的に押さえつけられ、眼をこじ開けられる恐怖表現と防御の方法は泣き叫ぶことしかなく、小さな脳は深夜の愉悦とは大声であたりを威嚇睥睨することと学習してしまったのです。まさに狂気の沙汰で、深夜丑三つ時など、周囲はゾッとして飛び起きるようです。世間に広く知れわたったら、あらぬ噂も生じかねませんから思い悩むのですが、意識的でないだけに対策も考えあぐねるばかりです。それに身体を使った自己顕示として両脚を宙に持ち上げ、自転車のペダルをこぐように交互に上下運動するストレッチングで、いわば宙を蹴るエクサイサイズをします。寝具を上手に跳ね除け、身軽になってからですから、リズミカルです。

そうこうするうちに、ジイが業を煮やして、バスタオルを両脚一緒に束ね、そのままパジャマのズボンの片方に突っ込んだのです。防止策のつもりでしょう。ボクはこの時初めて、大人の知恵も侮るに難くないと気づいたのです。ボクは一度二本脚をバタつかせ、少々焦ったのですが、無駄な思考はすべきじゃないと悟りました。それならと、両脚を一緒にバタつかせることを会得したのです。人魚姫がその尾を優雅に宙に舞うように……ではありません。もっとハードです。両脚を揃え、腰を軸に九〇度つまり直角につき上げ、すかさずドッと寝具に叩きつけるのです。五、六回繰り返し、少々休止し呼吸を整いなおしたら、また挑戦です。太腿筋や腹直筋などへの刺激はしんどいのですが、しかし、ボクの脚はまだ細く短く、その動作回数の上積みに支障はありません。ヨッ、ハッ！　と気合を入れ、アハハ、ウヒヒと笑いも引きもきらさずに、です。とにかく楽しい！　これを二、三分ずつ、日に三十数回執り行うわけですが、もうこうなるとジイはもちろん、家族の誰もが開き直ったように何も申しません。

驚き、慌て、言葉を失った町内会の人々はそそくさと帰宅してしまいます。そして、噂はまたたく間に広がり、数世紀前の伝承民話のように祖先から姻族までの悪事と蛮行のたたりと定義され、遠巻きに哀れみの視線が注がれ続けたのです。

耐えられずとも耐えなければなりません。が、対策を急がないとボクの未来は視力回復より先に押しつぶされかねません。助けになるものなら何でもするし、何処へも出かけようというのが家族の秘めた心意気でした。少し家族に慣れ、ほんの少しずつ成長しているボクは視界を持たない自覚もないままに迷路にはまった子猫のように神経質でかつご満悦の日々です。大学病院を退院してから約一年、週一で通院していました。主にはジイとバアちゃんが車で連れて行ってくれるのですが、往復とも一時間半ほどの間、ボクはほとんど寝ています。ですから、病院についてからはなんとか会得した喃語二つを入れ元気はつらつ、長椅子で「ヨッ」「ハッ」と開始します。両脚を揃えて突き上げ、脚とかかとを椅子のクッションに叩きつけます。広い廊下の一角の待合室の雰囲気を確かめつつ、リズミカルに開始します。

二、三分で休止したら再開です。今度は少し大胆になります。声も大きく、「ヨッ、ハッ、ヨッハッ！」「ウハハ……ウヒヒ」両脚揃えてレザーの椅子を叩き、衣ずれを撒き散らします。ジイはいつも少しはなれたところで新聞か本を広げて知らぬ顔を決めこんでいますし、バアちゃんは日頃の睡眠不足を補おうと必死の形相で眼をつむり、頭を垂れています。

この奇行喧噪に気づいた待合室の人たちは立ちあがり、覗き込んでしばし観察し、やがて割り切れない表情で腰を下ろすのでした。体に比較して小さい顔、毛のない頭はアトピー性皮膚炎でフケがこぼれ落ちています。やがて、はぁん！　とみなさん納得してくださいました。動物園の狭い檻で単純動作を執拗に繰り返す狐と狸を思い出したのでしょう。思わず浮かべた笑みを取り崩し、哀しそうに曇らせた目で「眼科外来」と書き込まれた診察室のドアと見較べ、首をひねるようでした。

でも、ボクが人魚の舞をもっと有頂天になって励もうと刺激を与えていただくこともあります。大学病院ですから、白衣を召した女医さんの卵でいらっしゃる医学生の方々が時々、廊下を通りかかります。長椅子で奇妙なエクササイズを繰り返すボクに気づかないはずがありません。

「あらぁ、かわいい！」と決って黄色い声。ボクの顔でしょうか、それとも行為についてでしょうか。それとも両方かな？　未来の女医さんらはボクを囲み、屈みこんで抱き上げようとさえします。実験とか講義に疲れていらっしゃるようで、恰好の癒しの対象に嬉々としています。ボクは突然の観衆にひるんだのですが、すぐ回復してまたウハハ、ウハハ、ヨッ、ハッ、ヨッ、ハッと人魚の舞をご披露します。こうなると、医学生のみなさん、キャッキャャッとボク以上の奇声をあげて、大喜びです。無精ひげをたくわえた男子学生さんなんかも、病院らしからぬ騒ぎに何事かと寄ってきます。診療科が違うのじゃと思し召しの前記の患者さんや同伴の家族も無視できず、ニタニタして再び覗き込みます。こうなりますと、さすがに豊かな胸に顔を埋めていたバアちゃんもニワトリの白眼のように目蓋を開けます。ジイも広げた新聞で顔を半分隠して寄ってくるのでした。そして、ある種情動をモチベーションとする生理的反応かしらんと思い始めたようでした。情動が要因としても、発汗とか心拍数、血流量の変化など関連した生理的反応があったわけでもありません。毎日明けても暮れても暗黒世界の不安と恐怖にさいなまされていたとも思われない。

それじゃ、何？　モチベーションとか、とりまく人たちの文脈に影響されるし、気質も強い関連があるように主張する研究者もいるそうです。へ、まだ少ししか社会経験のないボクが対人関係の文脈の影響と個性をプラスして割算なんて考えますか、学者の先生は。

さて、わが家におけるボクの夜です。ママが夜勤の日は階下のジイたちの部屋、パパママと寝室を共にしたとしても、ボクが深夜に覚醒したら、問答無用でジイたちの部屋に移動。バアちゃんの安眠を妨げるようだとジイがボクを抱いて洋間か茶の間かへ退避するドタバタはずっと長く続きます。春や夏とかだと、ジイはボクを乗せて田園地帯へ深夜ドライブに出ることもしばしばです。それやこれやと趣向をこらして、ボクの睡魔をひきだし、奏効するのに二、三時間、やがて東の空が白み、ジョキングやウォーキングの人影が見られるようになった頃、ボクはようやく二度目の睡眠に入るのでした。まぎれもなく、病院での夜勤の習性延長で長期入院の副産物かも。

そのようなことでジイは退職して一年、年金暮らしに安住し始めたばかりでしたのに、昼の睡眠補充もままならず、痩せたソクラテス気取りもヒザ小僧を抱いて遠く那須の山々をぼんやり眺め、思案投げ首でした。インドのオオカミにして、異次元の子を育てたのにわれらのこの困難性は何？……

当然、ボクの不眠について、医師の診察とか保健師さんの指導を受けたり、何冊か医学書を読んだりしながら、あの手この手を試みました。が、それらのことごとくが後の偏食矯正と同じく、失敗です。神経過敏のボクは睡眠中、ちょっとした物音、風の音にも敏感に反応し、覚醒してしまいます。ましてやベッドに移されたものなら、ピッと跳ね起きます。その後は何をもってご機嫌とりをされても寝入ることはありません。昼とか深夜の区別もないのです。が、唯一、日中のボクが二時間、三時間とわが世の春をむさぼることがあります。これ、ジイの細い腕の中にてです。ジイの左腕枕に抱かれるのがすこぶる快適で、長くは熟睡三時間半というのがあります。ジイはこの間、余り寝過ぎると夜中にまたピッカリ目覚められても困ると恐怖心を募らせながらも、パソコンの仕事もしたくて、忍の一字で腕の筋肉疲労に耐えるのでした。おかげで、この年、ジイは七回、腱鞘炎を患いました。医師にもあきれられ、強靭化の手術を勧められたほどです。こんなはずではなかった、新しい家族は希望の象徴であり、喜びであり、岩瀬家の誇りであるはずでした。ボクにとっても奥の院に加護と保護の大儀のもと、きらめく回転雪洞もなくオルゴール奏でることもない静謐の部屋をたらい回しされる日々です。来なければよかった、みんなを泣かせ、落胆させずにすんだかもしれない。もう少しでそんな思いに届きつつありました。

東京の病院で入院加療

家族と生活を共にするようになって三ヶ月余、桜の時期にボクは東京のある大手の病院に入院したのです。医大病院には退院後も週一の割りで通院していたのですが、視力はままなりません。医師の先生は術後三ヶ月くらいで視力が出て、信号機なども判別でき、日常生活も事欠かずできるだろう。そして、こともあろうに「ありえないことだが、新たな網膜が蘇生し始めているようだ」とまでおっしゃって下さったのでした。にもかかわらず、好転のきざしは一向に見えません。むしろ、両眼の動きに同一性が失われてきているような気がします。右眼の視神経が正常に機能しなくなってきているようなのです。瞳の反応が緩慢とか。

ジイは産科と眼科の治療に不信を抱き始めた頃、福岡県の大学病院が国内では最も先進的な網膜剥離治療を施し、成果をあげていることを知ったのです。遠すぎますが、可能性があるのなら、診てもらうべきと家内の意見がまとまり、その大学病院に問い合わせを始めました。その矢先でした。バアちゃんが東京に乳幼児眼科専門の名医がいるという情報をつかんできたのです。とりわけ、網膜剥離にかかわる手術では、日本でも三本の指に入る名医で、論文をいくつも発表しているということでした。もう、「それ行けドンドン」ってところで家族みんなが浮き足立ったのはいうまでもありません。頼るべくは医師で医療で神様仏様です。ボクだって、後光か眼前が明るくなったように感じました。

ところが、そのような名医がいらっしゃる病院は田舎からノコノコ出て行っても、おいそれと診察の栄誉にあずかれないらしい。原則的には一般診療は受けつけず、全国の病院から紹介され、転院されてくる患者さんが優先です。例え、ムリムリ割り込めたとしても、順番は半年先か、一年後まで待たなければならないという話です。これでは、溺れてワラをつかむ前に沈んでしまいます。

ボクが幸運だったのは、パパの兄つまり、ボクのオジさんが大学時代、親しくしていた友人の父が政財界や学会に顔のきく人だったことです。お陰で四月初旬に入院できました。

医大のカルテを持参し、パパママと、それにジイとバアちゃんの五人で名医と面会しました。イギリス紳士風、日本だと茶道名家の師匠が白衣を着た感じでしょうか。温和な顔立ちの中に自信と誇りと使命感を漂わせていて、家族はみんな初対面でゾッコンでした。大人の四人はこの半年間被さっていたベールが除かれた気がしたそうです。ボクのためにどなたかの順番が変更されたのでしょうが、ご容赦いただいて、大きな期待を胸に膨らませました。運が向いてくると、すべての幸運が向こうから寄ってくるものさと、ジイはお家を出発する際、いったものです。さあ！　ボクは運命を開いてくれる名医に視線を繋ぐつもりで顔を上げました。名医はいいました。

「時間を無駄にしてはいけなかったんだよ、この病気は」

そして、カルテの綴りを音立てて閉じたのです。ドキッとしたのですが、名医は事細かに検査の指示をスタッフに命じ、翌日の手術を告げた。明日……可能性はあるのでしょうか？　ボクの胸はかすかに震えました。

翌日、手術がすんで、夕方パパとジイたちは帰りました。帰り際、バアちゃんが「包帯とれたら、きっと眼が見えるようになってるよ。良かったね、誉之介」と、いってくれました。もう、それはみんなの願望です。

ボクは医大の手術の時と同じく、頭全体をまたも例のミイラのようにぐるぐる巻きにされて、声も出せません。代わりに、人魚の舞で応えようとしました。イョッ！　と。しかし、どうしたのでしょう、いつものように脚を持ち上げられません。もう一度！　と、挑戦したのですが、どうにも力が入らない。

みんなにご挨拶をしたいのに……麻酔の後遺症が全身にへばりついていたようです。

入院している間、千葉在住のおじさんとおばさんが何度もきてくれました。いろいろ手続きを手伝い、名医とも会ってくれたようです。横浜のおばちゃん、それにママの実家の南八幡からも遠い道のりを見舞いに来てくれました。みんなボクのために必死なんだと、グルグル巻きの頭の中で感激し、ボクだって断固！　と決意新たにしたものです。

手術がすんで、一週間経ちました。ベッドの周りでかわされる会話が思いがけなく沈鬱です。それはママに代わって付き添えの任務についたバアちゃんとおじさんのヒソヒソ話です。ボクが誕生した病院と医大の処置に致命的なミスがあったらしい。沈痛な空気のよどみがしばらく部屋に満ちて、やがてバアちゃんに苦渋のためいきが洩れました。電車に乗り遅れたら、新幹線で追いかけることもできる。合格点に達せなんだら、来年リベンジできる。けれど、失明に代わる回復方法は未だにない……視力で広がる未来はない。

「……大丈夫。バアちゃんが来たから鬼に金棒、不可能を可能たらしめる念力を持ってるからね。誉之介も気を確かに持ってがんばろう、窮すれば通ずよ、わかるわね？」

わかるはずがありません。バアちゃんは近代医学の世界に籍をおいてきたにもかかわらず、時々、ひどく非科学的なことをいうのです。ジイとはまるで性格が反対。ボクがグルグル巻きで表情表現が不可能で、人魚の舞もできないのに快眠をむさぼっていると曲解し、それ幸いと、パイプ椅子を何個か集めた急ごしらえのベッドで夕方早くから寝てしまいました。それからの寝息がすごい。まさにライオンと虎の命をかけたバトルシーンそのものです。グオグオ、ガガッって実況は翌朝まで続きました。ジイがかつて胃切除手術をうけた日の深夜、看護役が熟睡の余り、補助ベットから落下し、衝撃音に驚いた看護師さんが二人駆けつけたほどのバアちゃんですから、万やむを得ないのですが。それ以来、ジイは女房頼むに足りず、自分の命は自分で守るとニヒルな人生哲学に思い至ったそうです。

相部屋のベッドの子のママが朝、カーテンを取り払って、ビックリしていました。「ヨノスケちゃんのパパとばかり思ってました」って。

十日後、ボクはそそくさと退院です。割り込みですから長居は許されません。今度も手術が成功したのか、そうでないのかわかりません。挑戦したのですが、勝敗の判定もなく土俵を降りよというお達しで取り直しもなく、リベンジの構想もありません。結果的にミイラ巻きはとれたのですが、視界が開けたようには感じられません。

名医はいったのでした。

「網膜がくっつけば、四歳頃までに視力が出てくる可能性はある。通院してようすを」と。

あれっとボクは思いました。医大の先生も手術の後、ジイの質問に答えて、三ケ月以内の可能性をもらしていた。仮に網膜接合が成ればの話で医は仁術、否定的なことはおっしゃらない！　ボーイズ、ビ、アンビシャスかな。

パパの運転する車で帰宅の途につきました。バアちゃんは「どうしたら九十五%の治癒組に入れるのかしら」とため息まじりにいってから後は沈黙のままです。サービスエリアでも車から降りず、飲みものさえとろうとしません。ジイから「家族が落ち込んでどうする？　やってやれることがきっとあるはずだろう。気丈でないといけないよ、闘病っていうだろう、闘いなんだから」と励まされ、パパからは

「おかあさん、痩せちゃうぞ」とからかわれましたが、そのあとは誰も無言です。みんな落胆の色濃い顔を窓外に向け、何を口の端にのせたら良いか思いつきません。

「そうね、私のこれからの人生、誉之介に賭けるわ」天性の性格もあってでしょう、お家に着く頃には平常の精神に戻ったようです。ボクは不思議議にも、憐れみも寂しさもなく、ウハハケケケと昼夜を問わず活動できます。そして、おもむろにバアちゃんの膝に乗り、短い腕を伸ばして、バアちゃんの頭をよしよし優しくしてあげました。初の愛情伝達行為でした。温かい柔和な髪の印象が伝わります。

「ちょっと見てパパ、誉之介が」言葉に詰まったバアちゃんは力強くボクを抱きしめてくれたのです。

それから後どういうことか、人魚の舞はすっかり忘れ、思い出すこともなくなりました。

ボクの視界が開けたわけではなかったのですが、名医から、四歳までにという目標をいただいたことで、家族はみんな、満天の夜空に輝く赤い星を見つけたように振る舞い始めたのです。だから、パパは遠距離なので二ケ月毎の通院を指示されたにもかかわらず、毎月のそれを望んだのでした。溺れるもの、つかんだワラは短くとも易々放すわけにはいかなかったのです。

翌月からの東京通院はパパママ組だったり、ジイたちだったり、夏冬共に朝四時にお家を出発することになるのです。

名医は高速道片道三時間余の通院を気遣ってくれて、家族五人で行けば、五人全員を診察室に招じ入れてくれます。日々の観察経過で気になることは何でも指摘し、聞きたいことがあれば、誰でも納得するまで質問をと促してくれます。ところがほどなく、大変だろうから通院は三ヶ月毎にしても良いのだがと、勧められました。ジイも両親もやはりそうなるのかと思いつつ、「じゃ、先生もお忙しそうなので、二ヶ月毎に」と折り合いがついたのでした。夜眠らず、歩行もできず言葉も出ないまま、丁か半か結果判明は先送りされてしまったのです。

2　日々苦闘、でも好日あって

この頃のボクの左眼網膜は剥離と接合の部分がヒダのように浮き上がっています。ボクと家族と医師は剥離がどうにか自然接合することを神にも頼って待つ日々ですが、眼科医からは分厚いレンズの眼鏡着用を指示されたのでした。そしてある日、右眼の瞳に米粒より小さい白濁化が現れたのです。見つけたのはやはりジイでした。レンズを通った光の屈折現象かと思ったのですが、そうではありません。

「誉之介、目を閉じて、ん、開いて」ジイは明らかに狼狽しています。脳裡にはサングラスと白杖のボクがすぐ描かれたそうです。「もっとパチパチやってみなさい！　ゴミかな、ゴミだろ」慌てたり、口ごもったりですが、ボクにはパチパチもゴミもわからない。ママが寄ってきて両手でボクの顔を支えました。そして抱き上げてくれた。きつく抱きしめてくれた。

「やっちゃった、できあがったらしいよ、ウフッ」

ジイの声は上ずり、嗚咽が洩れています。

「お父さん、覚悟の上でしょ、そんな言い方やめて。片一方があるんだから」

バアちゃんもきっと涙ぐんでいたに違いありません。ボクには何も変化ないのに。

最早どうしようもなく、四、五日すると白濁化進行は顕著で時間の経過はボクの味方ではなかったのです。バアちゃんの念力も通じないし、ボクの生命力だって頼りになりそうもありません。だから、ジイが使わない肉体は退化するかと既成事実をボソリといっても誰も相槌もうてません。ジイらは孫への愛情と現実の相克にジレンマと焦燥をかかえ、一点突破の何かをせずにはいられなかったようですが、ママの早産体質と賢明足り得なかった医療行為をあげつらうことになってはと悶々の毎日だったようです。

盲学校や作業療法

こんな日々となり驚きましたのは盲学校から月に何度か、お手紙や電話で登校のお誘いがあることです。未だ誕生過ぎたばかりで歩けない、話せないなど日光東照宮のおサルさんより未熟なボクのための週一日の保育のようなもので、「すくすく教室」と名づけられています。ジイは召集令などと揶揄していたのですが、当局のその計らいの狙いは後で判ります。多分病院か保健所から「視覚障害児誕生」の報告でことが運ばれているようです。

わが家から盲学校まで片道六〇㎞以上、車で一時間半くらい見なければなりません。登校するには運転と介護で必ず保護者二人が必要です。木曜日の十時から午後二時過ぎまで遊戯中心のスケジュールですので、これまたジイとバアちゃんが中心のお務めになります。盲学校だから、きっと視力促進のためになることがとワラでもゴミでも掴む気でした。

プレールームは結構広く、ピアノがあって、遊具や教材は大きく、音が派手で光がピカピカチカチカのものばかり。それに校長先生以下数人の教諭と保護者が入り乱れて、子どもを引っ張り出し、無数のボールが入った模擬プールやトランポリンマットで遊ばせたりするものですから、もうボリューム最高のゲームコーナーみたいに喧騒そのものです。

ボクはそのような雰囲気に馴染むより、恐怖心が先立ち、初めからジイかバアちゃんにしがみついて泣いてばかりいました。アハハ、ウフフがどうにも出てこない。

二度、三度と登校するうちに判ったのですが、ここも目的は市の保険師さんのご来宅と同じ、ママさんたちの癒しの場、心のケアのおもかげ濃厚なのでした。乳幼児を教諭にあずけた若いママさんたちはそれぞれ、話し相手を見つけ、近況を打ち明けるのです。お家では並みはずれの子を産んで悩んでいたり卑屈になっていても、ここなら同病相哀れむ対象ばかり。ひとときだけでも慰められ、癒され、生きる自信がつくようなら、盲学校の目的にかなうのでしょう。

ボクは二年後、市の施設に入園することになりますが、そこでもここでも、男性にしてジイほどの年齢のつきそい保護者はいません。今はもうジイは障害回復に執念を持っていて、ボクの眼が治癒するまで何歳までも燃え続けるのじゃないかと思うほどです。だから、割り切ってどこへも出るし、盲学校でも話の輪に入ります。バアちゃんと二人、自殺を考えたというママさんの話にウンウンうなずき、夫婦や姑との関係悪化を嘆くママさんたちにしっかりと子育てに励めと諭します。

ある日、担当医を訴えて、訴訟をおこすつもりだというママさんがおりました。医師の名を聞いてびっくりです。ボクの主治医でもあったからです。ほかのお二人のママも、主治医はかの医師だったそうです。未熟児網膜症に罹患し、網膜剥離に発展しても九十五％はなんとか治癒できるといわれます。残りの員数に入った家族は悔しくて悲しくて、いても立ってもいられず、どうしても矛先は医師に向いてしまうのです。

その他にも月に一度ずつ、誕生した病院の小児科検診があります。どういうつてか、県立医科学センターからも診察と作業療法のご案内がまいります。いずれの担当スタッフもきわめて親切で気長に優しく検査や作業療法を施して下さいます。言葉のできないボクに種々指示をされるのですが、多少のみこみが悪くても決して頭に血が上ったりはしない。注意されるのはバアちゃんです。毎回同じ療法なのだから家で練習して来いとか。

しかし、何ヶ月か過ぎても成果がない。ジイたち二人はガックリですがボクはルンルン、結果として全課程修了ですから帰宅するしかありません。ところがここで、瓢箪より駒！　でした。ボクはセンターの広い駐車場をジイに抱かれながら、ジイの車へ迷うことなく、フンフンと発声しながら腕を宙に振って案内したのでした。ジイとバアちゃんの驚きようったらありません。「わかるの？　誉之介、見えたの？」って。作業療法の成果はあったのですね、多分。

その帰途車中、ジイはご満悦にも運転の上半身をくねらせ、北島三郎の演歌やある作家が好きなシャンソンを次々に歌い出したのです。でもボクは入ったスーパーでつかまり立ち歩行中、陳列棚に衝突し商品を大量に転倒散乱させてしまいました。浮沈はあるようです、浮世と人生には。

その夜、昼の件があったものですから、実験でボクの視力を確かめてみようとなりました。医師は視界の物体とか色彩は無理ということですが、白いジイの車は見つけることができたのです。では光は間違いなく感じるか？　ボクは暗い中廊下に放置され、一部屋を除いて他は全部、照明が消されました。明るい部屋にはテレビがつけられ、ジイやパパたちが反対向きのボクを呼びます。ボクはためらうこともなく、方向転換しますとヒタヒタ、ズルズル匍匐前進、みんなのいる部屋にすぐにもたどり着きました。へっちゃらです。ニコリもしません。が、みなさんの喜びようは安堵と混じって大歓声でした。何のこれしきって感じなのに大げさすぎます。照明のある部屋を替え、ボクはまた廊下の隅に運ばれました。先ほどより遠くですが、光は廊下の端に漏れて見えます。誰の声も聞こえません。でも、大丈夫。ボクは再度ハイハイ前進、驚き慌てやしません。想定の時間内にパパたちのいる部屋に入居異常なしです。またもバアちゃんとママが目を滲ませ甲高い声をそろえて歓声です。ジイも無闇矢鱈に拍手してくれているようです。実はみんなとても悲しいのです。それぞれ胸のうちは知っていて、希望の灯を見つけたい。一眼だけだっていいよ、政宗は独眼流だったのだからと。理性的なのはパパで、さも当然という口調で「もう一度挑戦しようか」って、ボクを抱いて更に廊下へ移動です。何度実験をくり返されても同じでしょう、辛うじてボクの左眼は光か明るい色彩は感知できるらしいと医師より先に証明され結論づけられたのです。

温泉療法

視力を引き出すため家庭でできることはと主治医にお伺いしましたら、積極的賛成ではなくご了解いただいたのが温泉療法で月々の予定に必ず入ります。この頃からジイの考えがインドで発見された野生児のように放任主義から種々関与へと替わっていったのです。ボクの生命力当てにならずと図書館でその手の本をあさり、インターネットで遠く近くの温泉を調べ、効能書きに眼の一文字でもあれば、リストに載せ、宿泊料金も含めて詳しく調べます。その結果、もっとも多く逗留しましたのは県外の山深い秘境の温泉でした。この温泉療養は毎月欠かさず、施設入園まで三十数回続けることになります。

初めてこの旅館を訪れたのは誕生の翌年春です。ボクは寝入ったままバアちゃんに抱かれていまして、もちろん歩けませんし、口の端に片言もありません。おかみさんが抱き上げてくださり、「流行り眼とかアトピーには効能あるとみなさん、おっしゃるのですが……」と、品の良い語り口で思案顔です。超未熟児の網膜剥離はダメなのでしょうか。でも、「湯に浸って、眼をよく洗って下さい。根気が勝負ということもございましょう。お気持ちをしっかりとね」などというわけで見放しはされません。

おかみさんの好意でボクらの部屋はフロントの並びより奥まった三部屋の一つです。北東向きですが静かで谷川の流れと蔵王の山並みが一望できます。湯治などの年齢でもないジイら二人にとって、このような宿泊は初めてだそうで、ジイは例によって読書か、パソコンで執筆、バアちゃんはテレビを見ながら白目をむいて眠りこけます。ボクは興味を持ち始めたジイのカーキーと部屋のキーを握り締め、ご満悦です。キーがパンドラの箱ではなく、幸運の小箱か、現在を乗り越えて何か異次元の世界へ導いてくれるものらしく本能的閃きを感じたのです。他はおかみさんが貸してくれたオモチャをまさぐり続けるかです。でも、温泉は浴槽が大きいし、シャワーや桶の音が響きあって怖いのですが、ジイと水泳ぎができて楽しく、ボクにとっても気分転換になります。一日に四回ほど入浴するので湯上りのミルクがとてもおいしくて、お代わりをするとバアちゃんはすごく喜びます。夜の睡眠もぐっすりで深夜にバアちゃんの夢芝居に目覚めることもありません。ジイとバアちゃんは夕食前にお酒とビールを飲んで、「誉之介のお陰だよ。これで誉之介に視力が出てくれたら、最高だけど」「字など読めなくても、人の区別だけでもね。パパママの顔も知らないではかわいそう」「温泉水をもっと多く頂いて帰ろう。それで毎日誉之介の眼を洗ってやろう」などとお酒の影響か、片目だけでもと何度も口にします。

洗顔効果を信じた覚悟の入水ではなく保護者注意観察義務違反でボクはこの逗留中一、二度は必ず洗い場から浴槽に転落します。引き上げられると当然激しく泣き叫びます。お風呂場は騒然とし、二階の部屋からバアちゃんが走ってきたこともありました。

その後三度目の宿泊で温泉旅館に向かう車中、おかみさんへの挨拶代わりに手をふる練習をしまして、どうにか自信がついたのでした。さて、旅館の駐車場、おかみさんが車まで出迎えてくれます。

「ヨッちゃん、いらっしゃい。待っていたわよ。疲れなかった?」

それはもうこぼれるような笑顔が想像できます。さあ、とバアちゃんがボクの肩にソッと触り促します。でも、ボクは手を振れない。(おかみさん、こんにちわ、でしょ)バアちゃんが耳打ちしてくれます。が、どうにも実行できません。人見知りするはずはありません。前にも会い、抱っこしていただいている旧知の仲なのですから。

「いいわよ、この次までお預けね」と、おかみさんは助け船を出してくれました。

そして、フロントから部屋に移動しようとしたのですが、ボクは突然倒れこむようにハイハイの姿勢になり、ホールから廊下を力をためた両手で叩きつけ、音の反応で進路の安全を確かめつつ自ら奥の部屋まで進んだのです。ホールからの廊下を突き当たり、クランクに曲がった先の三部屋並びの一番手前です。フッと深呼吸してボクはそっと停止しました。間違いなく、いつもの部屋です。

前回の湯治から一ヶ月余のブランクがあったのですがどうして行けたのか、何故ハイハイなのか。ボクク自身、見えたのか、それとも視力障害児の感の働きをハイハイでカバーしたのか、それはわからない。

おかみさんやバアちゃんらもビックリ。さすがにジイはこのとき少しも騒がず、口はあんぐり、言葉を失っているようでした。石橋を叩いて渡るという格言は人間の経験と知恵から生まれたのではなく、多分身を守る生得的行為と認定して良いようです、はい。

音声刺激か色調のそれか

翌春です。ジイらはボクの大脳と生理が求めているものが音なら容易に実行できるアプローチで相乗効果があればという木に竹を接ぐ発想です。山々に被る木々の色あいが打ち出の小槌たらんとの心境でしょうか。

家近くの丘にジイとバアちゃんが野菜を栽培している畑があります。隣接地は広い桑園でしたが、養蚕不況で荒れてしまい、里山になっています。そこへ春早くから夏の終わりまでうぐいすがやってきて、わが世の春を謳歌するのです。それをジイはＩＣレコーダーで録ってボクに聞かせようとしたのですが、バアちゃんが生の声が良いと三人で出かけました。五感を刺激することで眼への連鎖を狙ったわけでしょうか。

うぐいすは嬉々として上品なハーモニーを奏でています。上品にですから、お家の斜め前の池にすむウシガエルがゲゲゲッ、グワァグワァなどとカバに咬まれたみたいに嘆くのとわけが違います。一羽が春うららの幸せをそよ風に乗せて吹聴しますと、他の一羽、さらに一羽と神々しくうららかに、そしてのどかにハーモニーを返すのです。澄み切った空、青葉若葉の森と北側斜面の野山にたなびくセレナーデはジイとバアちゃんとボクに世の不幸を忘れさせ、安息と快感を与えてくれます。生まれて間もないボクは知らないことばかりですが、これほど美しい音声とその余韻は他にないと思います。かの高名な俳人はセミの声に感動したようですが現代のボクはセンス良く、うぐいすです。ボクの早産に理由付けをするとすれば、いち早くこのセレナーデの饗宴に浴したかったからです。

里山の何処からか奏でられるうぐいすの謳歌。すぐ呼応するか、もうちょっとか、ほら、鳴きだす！いや、まだ、そう、もうちょっと、だ。この間のとり方が絶妙で、一呼吸待って、そのやさしく息せき切った声はのどかに森をゆすり、野にたなびく。ボク初の自然とのふれあい、耳にするうぐいすの声にもうどうしてか、胸がウキウキ、我慢できません。お腹の中から喜びが湧いてきて、ウハハウハハと息をとめて笑い転げるばかりでした。首を振り、体をねじ曲げ、嬉々と笑う。時として、次のハーモニーを聞き逃してしまうことさえあります。このときほど、嬉しくて楽しくて笑いこけたことがありません。日頃の鉛色のベールが取り払われたように至福の時です。眼なんかどうでもいい……！　と。つまり、自然で無垢の音感刺激は当然にもボクから清浄で明朗な笑いを引き出すのです。

うぐいすたちの甘く美しいセレナーデ饗宴鑑賞は夏の終わり、もっと深い山に飛び去るまで続いたのでした。いつ記憶をよみがえらせても満面に笑みが浮かびます。

うぐいすにヒントを得たつもりか、ジイは次のステップを考えついたのです。テレビはダメ、絵本やおもちゃに関心なしですから、ごく当然の帰結、音で五感刺激と情操教育もできればというわけです。カセットとCDを十個ほどずつ買い込んできたのです。それも童謡とクラシックでした。ベートーヴェンやバッハがボクの眼にどんな相関関係を引き出せるのか、選択基準が理解できません。モーツアルトが胎教に良いなどとは聞いたことがありますが、そういいば、ベートーヴェンとかブラームスは曲のイメージとして雄々しい感じがします。とりわけ、ベートーヴェンの長い交響曲は暴力的運動エネルギーさえも秘めているなどといいますから、眼より耳に刺激を与えることでボクの網膜蘇生の促進に繋がればと考えたのでしょうか。それに、バッハですが、教会音楽の領域で真価を発揮したそうで、その作曲された古典性を思っただけで気が遠くなる気がします。刺激という思いつきからなら、むしろ、もっとやさしく思いやりが感じられるシューベルトとかモーツアルトなどのピアノ曲はどうなのでしょう。大音楽堂向きのピアノから奏でられる押しつけがましい音色より、つつましやかで軽妙な調べの方がジイにもあっているように思うのですが。

童謡にしてもジイが小学校の頃のもので、文部省唱歌として歌われた類のものでしょうか。ＮＨＫ教育テレビの歌番組にでてくるようなものは一つもありません。

ところでボクはクラシックには少しも興味がわきません。音を友達にして一人遊びするボクの日常に悪乗りしたのでしょうか、応接間は朝な夕なバッハのメロデーではちきれそうです。が、ボクは無関心で突然お出でになったお客さまがビックリするだけです。童謡だって、一部の曲にハミングするようになったのはその後の後、バアちゃんと近くの市立子ども園に行くようになってからです。それだって、従兄弟の子に、「ポッポッポ、ポッポッポってばかり、バアカじゃないか、おまえ」といわれて歌わなくなりました。

音の出るもの何でも好きで

いうまでもありませんが、ボクは視覚にとらえることで興味を募らせ、種々の遊具とかゲームあるいはテレビの世界に浸って遊ぶことができません。家族の誰かからオモチャなどを買い与えられたこともありませんでした。かといって、いつもジイとかにまとわりついて日々を過ごしていたのでもない。言葉はできなくてもハイハイができて、そろそろと歩行ができるようになりますと、前記各種の実用新案特許の行為を日常化していったのです。原点はうぐいすとクラシックかも知れない。先ずは音生産への挑戦、そして高所を極めることです。かねて感動したうぐいすのさえずりにも似た音響開発は不可能でしょうか。

「無くて七癖」という言葉があるそうですが、奇行奇癖とも見られるボク開発の行為はいくつあることでしょう？　多分十指に余るかも。小道具は何も使わない。いえ、使えませんから手足とか肉体を手段にしたものばかりです。

さて、ボクはテレビ画面に対して左側面をすりつけるように立ちます。そして、手のひらで液晶のディスプレー画面をおもむろに打ちつけます。バンという弾力性の短い音です。少し、バイブレーションが伴ってピリピリと低音の炸裂音もあります。これは快感です。叩く、つまり殴打を働きかければ衝撃音が生じ、まぎれもなくボクの行為の成果です。ボクにとっては大いなる満足が得られ、強弱と用具、方法など叩き方で光と音がどのように変化するのか、非常に興味が募ります。

やがて、手ごろな毛ブラシを見つけ反対側を持ちまして、その柄を打ち付けました。テレビはボクにとって無用の長物、タンと野太い音がします。へ、おもしろい。大いに満足。エイ、ヤッ、ホイッ、サッと。もう、こうなると、液晶画面は揺れて音出すビブラートと光彩が飛び散って珍奇な楽器そのものです。

「アチャー！　誉之介、やめなさい」ジイは慌てふためき、ボクの手をすばやく押さえたのでした。

「液晶を破いたら……お前」

でも、ジイはムムムと鈍牛のようにうなり声を出しながらも、ボクとテレビをジックリ眺め続けるだけです。次の言葉が出ない。

他に打撃の用具をあげますと、茶の間とお座敷の廊下側雪見障子のガラスがあります。障子が下っていれば、反対側へまわって叩きます。左手で戸縁をつかみ、上半身を回転させるようにねじるドライバーショットの要領です。ガラスと戸縁にわずかな遊間がありまして、一撃ごとに障子戸がビビーインとジェット機がはるか遠方に飛び去った後のような余韻を味わえます。ご経験をお勧めします。

ガラスで気づいたのですが、力のモーメントを計算した力量と手を引くタイミングがあるにしても家族が心配するほどに割れないのは、ガラスにも相応の弾力性があるからです。そうでもなければ、ボクの家の雪見障子は今頃、破壊し尽くされていたはずです。

ボクがまだ二歳にならないうちに、ジイが離れを新築し、ボクらと別居しました。もちろん、同じ宅地内でスープの冷めない距離ということです。離れはまったく心置きなく、遊べます。ジイが、この先、建物や家具等保守管理は神経質にならずとも結構とお触れを出したからです。何んのことはない、夫婦とも元気でいられる期間は十年余そこそこだろうから、その間住環境が保てれば良しということであれダメこれダメ式の育児はしまいというのです。ボクの自立的成長を傍観ということらしい。これって教育上どうなのでしょう。またまたママは不安に思ったようですが、そこはお墨付きですから、口出しは無用。

離れはリビングと台所の間にカウンターがあり、そこで食事するためのキャスターつきの回転椅子が二ケあります。この椅子を転ばすのがこれまた実に楽しい。建築すべてがバリアフリーですので、押せば椅子はノンストップで何処へも緩急自在に走ります。ボクが醍醐味を味わったのは、リビングから突進して、台所の冷蔵庫直撃の可及的速やかな自爆体当たりです。ボクは何度試みても死ななかったのですが、冷蔵庫のドアは一ヶ月余でボコボコです。トイレ脇の壁に吊るされた清掃用具は何であれ、手で壁に叩きつけて見ます。お気に入りは塵取りで鋼板を加工し、縁どりを強化したものが最高です。最初、この用具の有効な利用方法を考えつかなかったのですが、ふと持ち上げて、トンと角でフロアを突いて見たのです。するとどうでしょう。衝撃音に続いて振動が薄い金属板に伝導しまして、ビヨヨーンとはたまたビブラートが奏でられたのです。これは快感感激です。もう一度、やってみます。トンッ！　前回より力を加えました。アッと驚くほど期待通り、仏壇の鉦より空気振動が素晴らしい。ビブラートは塵取りを他のものに接触させない限り続くのです。これだから、わが家は病院などより数倍楽しい。ボクはもう至上の感激、この行為表象のとりこになってしまいました。塵取りを立てて持ち、夢中でフローリングを打ちつけます。来る日も来る日も離れに日参し、台所の回転椅子を転がし、疲れると、右手の塵取りでフロアを叩きます。このようにして四ヶ月、フロアは新品の輝きを残しながらも、砂を撒き散らしたようにキズとへこみに覆われることになったのでした。

ふつうの子どもが筆記用具を持ち、その先から繰り出される芸術性ほとばしる描線の面白さを知ったら、棒線、円弧あるいはピカソか岡本太郎のような紋様だって描くでしょう。同じです、ボクの行為。残念にも、見本もなく手本もないわけですから、自らの音感をたよりに創意と工夫で自由に音の探索を積み重ね、及ばずながら脳をも刺激してきたわけです。誕生してからオモチャや各種の遊具もない環境で視力がつき、おしゃべりができて歩むことを熱望されていたボクが優位で自己表現できるのは音を作ることだけです。短い過去の総決算として行き着いたのが音だったのです。もしもボクがピアノを弾けたなら、きっと精進し国際ピアノコンクールで栄誉をものにしたに違いないと思ったりもします。いかんせん、生命力に固執するジイは辻井伸行さんのママとその辺の発想が相違します。あくまでも、ボクの限定的空間での自主性尊重が基本スタンスですし、ボクはこの世にピアノの存在を知らない。

次にボクが興味を持ちましたのは、サッシ戸などの開閉です。開けると戸かドアの向こうにボクの知らない世界があります。いつの日か立ち入ることでボクは変わることができるかも。閉めれば、これまでの過去と絶交することも可能です。新たなボクを見つけられる時期まで十分なウォーミングアップは肝要です。そう、とりわけほとんどの引き戸は戸車の上に乗っています。要するに、開閉にはわずかな力しか要しません。過分の力がおよびますと反作用で、開閉の意思に反した振り子現象が生じます。

この現象、反作用がどれほどの音響とスピードと推進力を伴うか、ボク単独の行為表象による結果を確かめることができるから素晴らしいし、興味深い。

ボクは医大病院を退院して間もなく、週に一、二度通学することになった盲学校の教材や遊具は、そのほとんどが眼チカ耳ズン式のものでした。一方的に襲われ、あくまでも受身でした。お家で、ボクが開発考案した遊びも正座位ジャンピングやひきこもりだって演技する当人がご満悦であるにすぎません。広い意味で社会性がない。

どうにか三歳近くになりまして、ボクは市立幼稚園に付設されている保護者同伴の特別教室に通園するようになりました。保育所ではなくて、幼稚園入園前の子どもが自由に遊べるところです。盲学校の特別教室に似ています。

この施設の玄関を入って、右側の廊下側に引き戸があります。ボクはその反対側のお部屋から先生が出てこられる前にその引き戸へ一目散です。ボクに気づいた子どもたちが寄ってきて、ジィッと見入ります。そして、「この子の眼、つぶれてる」と口々にはやしたてるのですが、ボクには意味がわかりません。多分、瞳が白濁化していることに驚いているのでしょう。少しひるみますし、気おくれするのですが気を取り直します。早速、シルバーの戸に手をかけ、開閉を執拗に繰り返すのみです。「スルスルスル、バッン」と硬軟とりまぜた音響は園長さんや保育士さんたちがいらっしゃるお部屋に振動とともに届きます。バアちゃんは必死になって、制止させようとするのですが、もう乗りに乗ってしまったボクの辞書に「中止」「迷惑」の文字はない。熱中し、打ち込めることは素晴らしい。子どもたちのなかから、パチパチ拍手さえでるのですから、なおさらです。

毎度のことですから、何慌てることもなく、そしてまた咎めることもなく、色白で少々太めの園長先生が、「あらぁ、今日もヨッちゃん元気ですね」とニコニコ現れるのは七、八分後です。ボク自身、そろそろ飽きて疲れて、引き際を検討している頃です。園長先生はやはりプロですから、乳幼児心理か発達障害児の心理にも造詣が深いに違いありません。

その特別教室、バアちゃんは最初、他のママさんたちとの年齢差から二の足を踏んだようでしたが、すべて誉之介のためと通園するようになったのです。数回通ううちに、年齢を逆手に取り子育て談義をぶったり、産婦人科勤務の経験披露をしたり、頼られる存在になってしまいました。でも、この施設には数ヶ月いただけで、新年度からボクはまた別の施設を勧められ、移動することになってしまった。ストレートに一般幼稚園への進級はできなかったわけです。障害はどうしても不利で、お上の指導に従わざるを得ないのです。このいきさつが原因で、単純に進級できると認識していたらしいママとバアちゃん、はてはジイとの間に溝が生まれることにもなります。

そして、視力もつかず難聴気味で、言葉を出せないボクは成長の糧にか、音にかかわる現状脱皮の模索とその準備セレモニーは遅々と続きます。

四季折々山へ

三人で山へも行きます。ジイとバアちゃんはかつて中央アルプスや北海道の山々へ何度も登っているベテランで、登山にもつき合わされました。山肌の緑や紅葉、紺碧の空を飲む池塘《ちとう》など、見たい、見ようという意欲がきっと眼に良い刺激があるはずと考えたのでしょう。

思い立ったら、即実行とはいきません。何度かジイに背負われ、ウォーキングで訓練させられましたが、山中に連れ出して、なんとか光を感じとれる左眼に損傷でもあったら大変と、パパママは反対です。二人は楽天家のようなのですが、臆病にもなっていますから、その説得も必要でした。

九月の初め、願いが通じたのか秋晴れの好天に恵まれました。目指すは県境に連なる標高千m余の信仰の名峰。そのカルデラ湖を周回しつつ、群生するリンドウの帝王色を眼にすることでご利益が得られれば幸いです。お食事時間を入れて、四時間の予定です。

初秋とはいえ、夏の名残が濃い炎天下、ボクの体力が耐えられるか、さらに心配の種はジイが10kg未満とはいえ、ボクを背負うシェルパの任務を全うできるのか、です。ジイはこれまでに胃と胆のうと左肺の摘出をしていて、体躯は川端康成を標榜しています。

ボク誕生後ですが、心臓の手術も執行しました。開胸して機器を埋め込むのですが、肋骨の上に取りつけたものの、周囲に盛りつけるべく肉がどうにも足りない。時間は経過し麻酔はきれて、ジイの体力も消耗し、夢うつつで限界です。執刀医はやむを得ず、「スーパーから豚か牛の肉を買ってこい」と命じたというのはジイの後日談らしい。

そのためか、ジイは牛豚以上に強心臓で痩せても枯れても、柳に枝折れなしでした。健脚は衰えず、ボクを背負い、時に抱いて眺望を頬ずりで追い、おにぎりをちぎって口に入れてくれます。僭越ながら、背負われたボクもエスコート役を務めまして、ジイの歩行をリズミカルに整えてあげたのです。ン、ン、フン。ン、ン、フン。アァ、フン、ファ、フンと。すると、ジイは気合が入る。汚れた雑草の小道を右へ左へとたどりながら、石を踏み、岩を跨ぐのです。助かるねえ！　ジイはすこぶるご満悦なのでした。

実はこれ、背負われたボクが歩行のリズムをとるのは過去に何度もリハーサルずみなのです。ボクが深夜すっかり目覚めてしまったとき、ジイはボクを背負い、二階への階段を上下して寝つかせようとするのですが、その際、一段ごとに、ン、フ。ン、フと調子を入れるのです。その経験が思わぬところで役立ったわけです。

この登山コースは小学校高学年の遠足地に選ばれる風光明媚なところでも有名なのですが、ボクは一年後、二年後にも踏破することになります。もちろん、翌年はコースの三分の一ほどを、三回目の挑戦ではほとんどを手を引かれながらも自力歩行しました。カルデラ湖ほとりには根元を水に洗われたリンドウの群生があって、ボクに勇気とかぐわしい香りと感動を与えてくれたからでしょう。

そう、ボクにはもっともっと心強い助っ人がおります。バアちゃんが現職時の同僚です。視界になく美声を聞くことなくも、近くにいれば、香気と雰囲気でわかる人です。元看護師さんですから、患者さんを持ち上げ、運び、重労働になれていらっしゃいます。「無理することないわよ、わたしがいつでも代わってあげるから」と、ジイにいってくれるので、ボクらはすごく気が楽になれたのです。ボクが将来大人になり、恩返しができるようになれたら、ジイとバアちゃんの次にこのオバちゃんに順位をつけたいと思っております。ボクが嫌でたまらなかった矯正メガネを着用するようになったのも、北海道旅行中、かの人にやさしく説得されたからです。

3　ことばがスムーズに……？

医大や東京の病院での入院治療を終えて、自宅で日常生活を送るなかでいろいろ目に刺激を与え、食事療法も試みたのですが右眼の瞳孔は完全に白濁化、失明へ進行しつつあります。一縷の望みを託している左眼にも確かな視力は出てきません。わずかに光を感じ、物の存在もおぼろげにわかるのですが片目なので遠近感はなく、それが全体なのか、それとも一部に過ぎないのか、おいしいはずの食べ物の形状と色合いがわかりません。色の区別、その濃淡、動きなどがどうなのか表現できないので家族も把握できない。いえ、医学的検査の前にボクに言葉がなくて、尋ねられたことはもちろん、説明されても理解できないからです。超未熟児ですから、一歳の誕生日には無理かなと納得することもできます。しかるにその後日々を経るたび片言か喃語くらいはと期待と願望の声がかかるのは当然です。が、話せません。子音と母音の組み合わせからなるババとかジジなどの音の反復である喃語さえ、駄目です。ジイによれば、喃語の発声は喉や舌、唇を微妙に調節して音を出すための大事な訓練でもあるそうですから、ババジジがでないと、意味を持つ最初の言葉としての初語は無理らしいのです。しかし、家族を中心にした周囲は問答無用、とにかく初語の一つを期待し、今日か明日か、喉に手を突っ込んででも聞き取りたがっています。待って、待ちくたびれてため息まじりに心労は高じます。

個人差はあるにしても、早い子は生後十ヶ月前後から言語圏の仲間入りができます。バアちゃんの話では、パパも千葉のオジもそうだったといいます。晩生グループでも一歳半頃には言葉の産出があるのが普通だそうです。たまたま三歳になっても出し惜しみをして話さない子がいますが、生まれや育ちに異常がなければ口の遅い子だけれど、そのうち話し出すだろうという安心感があります。しかし、ボクは事情が違いますから、誉之介はちょっとおかしい、中枢神経等に異常があって一生言葉が出ないのではなかろうかとなってまいります。潜伏している障害のなせるところか、それともそれらが今後、ことばなど特異な障害に発展融合していくのか、見当がつかないだけに不安は大型コンピューターの配線よりもっと複雑怪奇にからみあい募るのです。

果たして、話せない根源たるは何なのか探り当てて克服できないものでしょうか。いや、ノーとは言わせない。もみくちゃに混線した配線をきっと復位し手当して、せめて日常会話に仲間入りさせたいというのが家族の心情です。座して死を待つよりか……

それに、ジイはボクの網膜剥離のような失策は絶対避けたい、重複障害は回避したいという思いが強かったのです。未熟児網膜症の診断を下されたとき、余りに無知で医師任せにしてしまった反省があります。病気の恐さを知り、小児眼科専門病院への転院を申し出なかったことが今でさえ悔やまれるのです。

ことばの阻害要因は？

ところで言語獲得する一般的スケジュールは先ず、生後六ヶ月前後で母音についての音韻知覚能力が生じ、十ヶ月前後で子音のそれについても成立するそうです。次に一歳前後で喃語か、それに近い拗音など数語を口にし、そのまま進歩がなくて、四、五ヶ月経過する子がいれば、一方、片言の言葉を二〇〇語も覚えてしまう幼児もいるといわれます。そして、一歳半くらいから、いわゆる語彙急増期を迎えるとされています。

加えて、人間の生命力のなすところでしょうが、誕生前三ヶ月の胎児は羊水を通して言語音と他の音を聞き分け、イントネーションやストレスのパターンを認識しているそうです。言語獲得を実現する前段に驚異的準備が整っているわけです。さらに誕生後すぐに喜びや興味など肯定的なものを主体に不安、恐怖、怒り、悲しみ等感情的なものや肉体的生理反応をあわせた情動の発達があります。例えば、できもしないことを自分でやろうとします。有視界点検が思うにまかせないボクでさえ、ジイに抱かれても、その腕を伝って、その手先のものに触れたがり、パパよりママの背におんぶされたいと望むような自己主張とか、情動をセルフモニターし、そのコントロールが少しずつできるようになってはいます。つまり、一般的に言語獲得の準備段階として必要な自律性の発達ができているようなのです。ジイはレーニンの「常に準備せよ」を口にするのですが、ものには時機に応じた準備がセオリーらしいのです。

言語獲得のために相応の準備態勢が整っていなければならないとすれば、具体的にはそれは何でしょう？　眼で見、耳で聞く現在だけでなく、自分自身でその経験を頭の中に表象として思い描けることが必要だとか。例えば、ママがいなくともまねて髪をすくとか、何かを食べ物に見立てたり、積み木ブロックで電車や車などの見立て遊びができることでしょう。あるいはさらに、手足を使わないでも、モノや遊びを頭の中に思い浮かべることができるようになることが望ましいといわれます。いずれもボクにとっては不利な条件です。ですから、ボクはともかく、首をキリンより長くして待つ周囲の人たちにとってはとてつもなく長く、歩いて太平洋を往復してきても未だ話せていない、そんな印象です。もう勝手にしろと腹立たしくもなるでしょう。

でも、そういってばかりはいられません。昔、小田実さんという作家が『何でも見てやろう』という本を著しました。興味津々、世界を駆け巡って得た経験は後で彼の人生哲学に大きく影を落としたそうです。ボクも万が一でも何かに遭遇し、眼か口にモチベートできれば拾い物、見つけ物です。この頃ジイはある特殊な条件下で人間はどのように成長するかを傍観する態度を改め、真面目で執念深く、万難を排してボクのため、テレビに絵本、野山の小鳥や動物園等々、モチベーションたるものへの挑戦を探っています。話ができることで新たな世界が展開し、参加することでアクティブな毎日に変化できれば、付随する視力的発展もあるかと。

そんな事情で一歳半を過ぎて、保健所の指導で言語訓練を受けました。療法師の指示で色、形状、大きさが異なるブロックを重ねたり、壊したり、心棒に通したりの簡単なものです。二度ほど練習しますと、形状と大きさから判断できて、ほとんど指示通りにできるようになります。二ヶ月で数回訓練を受け、さらに高度の療法に進むのかと思ったのですが、それで終了です。言葉は遅れているが、脳波も異常がなく、間もなく言葉を獲得できるだろうとおっしゃるのです。いずれの医療機関も推定推量、希望的観測で否定もせずに曖昧です。ボクの背後で観察していたジイは、「間もなく」がいつ頃なのか、ヤキモキして、フーッと常にため息でした。

ところが運命の女神はボクの生命力をちょっと鼓舞してくれた。二歳を過ぎて、あと三ヶ月で満三歳になる頃、未だに発語のないボクは家族の日常的言葉をわずかに理解できていたのです。

土曜日夕方、パパとママが大型スーパーへ買い物に行くということになりました。何故か、ボクをジイらに預け、生まれたばかりの妹ひまるを連れて行くらしいのです。気づかないわけにはいきません。ボクは第一子で長男なのに捨て置かれて、愚図りましたが、パパたちがピッカピカのワゴンで行ってしまうと、たまらず大声で泣き出しました。これは珍しい。後追いはインプリンテングのできていないボクにとって初めてのことでその心境の変化を説明できません。バアちゃんに抱かれ、ジイになだめられても焦りもがいて、トーンは下がりません。すると、ジイがいうのです。状況転換の意図ありです。

「あっ、もう夕方だよ、誉之介。戸締りしてカーテンしめなくちゃならないねぇ。その後ご飯だろう、大好きなサンマかな」と。

ボクはふとトーンダウンしました。最近、ジイとコラボの日課です。茶の間と座敷の廊下、母屋の応接室と廊下と離れの全部屋ですから結構時間がかかります。作業は戸が開いていれば戸を閉め、ロックをしてから、カーテンを引くのです。ここでジイがいいました。

「あれ、網戸がいつもの位置にないねえ」と。

網戸もいつもの位置も言葉にしたことはないのですが、嗚咽の中にしっかり聞き取りました。網戸が開閉戸の側にないことをいっているのです。ボクは閉めた戸を開けて、腕を外側に伸ばして網戸を引き寄せて閉め、改めてガラス戸を引き、次にカーテンです。ジイに抱き上げてもらったまま、この間、まだボクは泣きやんではいません。泣いて、しゃくりあげながらもジイの指示を理解し、任務は果せたのです。行きたかったと、せめて抵抗の証明としての拒否はしなかったのです。

ボクに妹ができてから、ジイはボクとあわせて二人を入浴させることも日課です。最初、ジイとボクがバスタブに入っていています。少し遅れて、妹がママかバアちゃんに抱かれてやってきます。お尻を洗ったりする進行度合が把握できませんから、ボクは早々にジイの腕の中から離れ、一連の動作の中で、ジイの両手をタブの外側へ誘導します。状況からボクの意味するところが推察できそうに思うのですが、ジイは何故か手を引っ込めたりします。言葉が出ないボクはうめくように「フ、フン」と発声し、再度、両手の指を握ると初めて理解ができるようです。あ、そうか。ひまるちゃんを受け取れってことだったか、と。でもこれ、言葉を引き出そうとするジイの戦術でした。しかし、それに乗れないボクです。どうして、ボクは言葉ができないのでしょう。

ところがある日、ジイに相手をしてもらえないときの一人遊びで言葉にならないハミングが突然出来た！　のです。明確に曲のメロデーにのっているわけではありませんがまぎれもなくリズム感があるのです。われながら驚きでした。もう話す下地は整っているのに結果がついてこない状況でしょうか。それでも、ジイのアプローチは遊びやお風呂で、あるいはベッドで続きます。すると、ボクは突然貝になってしまいます。ハミングも出ません。緊張の沈黙です。そして、それをあっさり破るのもボクですが、言葉ではなく、「ウハハ」「ワハハ」と「エッホヤッホ」とで座位ジャンピングです。ジイの恨めしそうな顔が想像できます。いろいろ配慮して、言葉を獲得しやすい基礎のようなものをつくってくれているし、見えないながらも、普通なら観察できそうなもの、注意を引きそうなものを言葉にさせようと抑揚をつけたり、マザーリーズしてくれているのがよくわかります。でも、ちょっと恐い気もします。視力のないボクが、言葉をものにすることによって、ボクの社会がどう変わるのか、どのように変わらなければならないか。視力のないだけ言葉によりかかっていいのか、その逆なのか。見極めができないままに、臆せず話すということができない。

ところが、です。ある秋の日の夕方でした。もう外は全くたそがれの気配です。いつものようにジイとお風呂に入ります。

「誉之介のパパァは、もうそろそろ役所から帰ってくるよ。うれちいねえ」

ママやバアちゃんから禁止されている幼児語を取り混ぜます。そこででした。ボクはオウム返しに、「ヤクショ」とやったのです。とても明瞭な発音でした。〝パパ〟でもなく、〝ママ〟でもなく、人生最初の発声はなぜか「ヤクショ」だったのです。

「えっ、何だって、いったな、誉之介、いったよな、ヤクショって。おーい、ママァ！　やったよ、ヨンさまがさぁ」

ジイはまさに狂気の棒立ちでした。ついにその時がきたのです。堰が切られ、言葉は洪水となってあふれだすのです。ボクを抱き上げ、バスタブで小躍り、カーニバルさながらに大喜びです。お風呂を覗いたママは眼のやり場に困ったのではないでしょうか。

でも、それだけでした。その後、二度とそれらしい言葉は口にしません。ママとかパパとか、どうして言えないのでしょう。ママに促され、バアちゃんにせがまれようと金輪際、見事に緘黙です。昔、ガラガラ声の総理大臣が奇抜と思われる所得倍増計画をぶち上げ、国会で「私は嘘を申しません」と大見得をきって再説明はしなかったとジイから聞かされたような気がします。が、ボクもなぜか、リフレィンがないのです。「ふん」と一言、ヒットラーの独裁に忠誠を誓う兵士のように、右腕を斜め上空に突き上げるだけです。

時間が経過するうちに、「ヤクショ」はジイの空耳だったに違いない、強い願望が水音と混同したのだろう、パパママもいわないのに、ヤクショなんて考えられない。と、周囲はそろって、ジイを責め立てる始末です。これはボクにとっても意外な顚末で、ジイがあわれになってきました。とは申しましても、取り急ぎ、言葉の遅れを取り戻す必要性も感じられません。ジイだって、ボクの発声を証明できませんから、シュンとして人生長いし、何も急ぐことなしと発想の急遽転換です。

「いいよ、三年でも五年でもしゃべらないで。そのかわり、しゃべりだすには、日本語だけじゃつまらない、英語と中国語くらいは一遍にしゃべりなさいや」

と、鳴かぬなら鳴くまで待とうの心境、無駄な抵抗はしないと心変わりです。言語獲得は認知発達と相互作用しながら進むというのが定説です。そこでジイは急がず騒がず、言葉獲得を阻害している原因たるを追求し始めたのです。すると、阻害要因らしきの多いこと！　ボクはほとほとだめな生まれらしい……

自閉症かそれとも

先ず筆頭に疑って、医学書などで勉強し始めたのは自閉症障害です。素人なりに何か端緒をつかめば、医師に相談できるし、早期対策を講じることができるだろうと。自閉症は三歳以前にあらわれるらしく、その症状と診断される行為の特徴的なものをいくつかあげますと、対人的なものとして、

・お友だちの中に入って遊ぶことができない。つまり、お友だちをつくれない。
・楽しみ、興味のあるものを誰かと分かち合うことがなく、いつも単独行動。
・行動、活動、言動がごく限定されたもので反復的、常同的それに独特の言語。
・ことばの発達の遅れまたは完全な欠如。それらを身ぶり手ぶりなどで補おうとする努力も伴わない。
・発達段階に応じたごっこ遊びや物まね遊びの欠如。
・手や脚、あるいは全身を使った常同的な運動、しぐさを無目的に繰り返す。

あ、やはり！　驚きです。症状や行為がすべてぴったりボクに当てはまるのです。伴いやすい症状としてボクには、多動、偏食、睡眠障害、自傷行為などがあります。これだけの証拠案件を羅列されますと、ボクとしてもいささかやれきれません。熱を出して寝込みたい心境です。

一般に自閉症の子どもは聴覚系の理解より視覚優位がとりざたされ、確かに万国旗を覚えることやジグソーパズルなどが得意なことが多いといわれます。が、ボクはそれは駄目です。強いていうと、犬みたいに臭覚で人をかぎ分けられるくらいです。認めたくはないのですが、このような発達障害は行為、

認知それに情緒面で単一症状はないとのこと。とすれば、多様な表象があるのでしょうし、他の障害とも結合して新たなそれが……

ボクは歩行ができるようになった二歳半頃から、台所に立つバアちゃんにまとわりつきつつもメロデーらしきハミングをし、両脚でリズムよくステップを踏み続けるのが習性です。ソファか床にいれば、座位ジャンピング、さもなければ、手にしたものでガラス戸や壁をたたくのです。言葉を身につけることで思考し、精神的発達に繋げることより動作することが先行してしまうのです。衝動的に外に跳びだし、車道にも出ます。階段を昇って、車庫屋上の物干し場にさえも出没したりします。とにかく、ゆっくりゆったりくつろいで周囲を観察することはできない。最近注目されるようになった「注意欠陥・多動性障害（ＡＤＨＤ）」という行動様式そのものか、酷似しています。必要なときに注意集中の持続ができない、あるいは動き回ったり、離席したり、例え、座っていても落ち着きがなくジッとしていないのです。山奥のおサルさんだって、温泉でのんびり湯浴みするというのに残念です。

再三述べましたが、ボクには身体の特異な症状として、アトピー性皮膚炎、便秘、夜驚症などがあります。おしっこはまあまあですが、大の方は三、四日、ひどければ五日以上もありません。バアちゃんが毎日記録していまして、四日目か五日目、ボクの表情などを観察しながら、強制的排出を図ります。それはもう、相当の量になります。一日二日の短期便秘の場合、製品はピンポン玉より少し大きめで丸く、驚くほど固い。それがわずかに一個、たまたま二個の日もあります。トフン症などと診断された医師もおられます。

これらの原因は腸が正常に機能していないためかと思いましたら、神経症とりわけ心身症疾患に多いそうで、ジイはボクにもその疑いありと考えたようです。そもそもこれらの症状は緊張、不安それにストレスなど不快感情が引き金になって現れるといいます。心理的刺激が過度になっても適切な対処がされないと、広義の神経性習癖として失声、吃音あるいは緘黙などが症状としてでることもあるようです。言葉の遅れはこれら症状と同類項ではなかろうか、とジイは熟慮、観察の項目に加えたのでした。

さらにジイが今さらながらに着目したのは、ボクの頭の大きさです。二歳下の妹のそれより一回りも二回りも小さい。先天性奇形の小頭症ではないのだろうか、と、また仮説です。

異常分娩が大脳系などの発達を抑制することもあるそうです。いち早く出生したため、成長が停滞してしまい、頭蓋骨も拡幅の必要性がなく、そのため軽度の知的障害とか言葉の遅れがあるし、運動面でも歩き始めが遅いようです。言語獲得の遅れた子どもにはボクのように常同的、反復的さらに自己刺激的行動を伴うといいます。

さあ、小頭だと大脳などの正常な発達は遅滞を余儀なくされるのでしょうか。二重三重の障害も甘んじて受けなければならないのでしょうか。

「当たっている、な」とジイ。

「そんなに悪くばかり考える必要あるかしら。ジイちゃんはマイナス志向じゃない？　単に発育が遅れているだけよ。療育センターの先生もいってたでしょう。脳波には異常ないって。頭の小さい人、最近多いでしょう、流行なのよ、今、小顔が」

バアちゃんはいつになく感情的、能弁です。

「いや、オレの昔の上司はすごく大きな頭で被る帽子はふつうの頭が二個入るくらいだったよ。東大卒さ」

「大きさだけで比較できないらしいわよ。夏目漱石とか伊藤博文だって、脳みそは大きさも重量も平均値より小さかったって説もあるのよ」

バアちゃんは博学ぶりをひけらかすことはなかったのですが、夏目漱石が出たりしますと、真偽はともかく面目躍如でボクも肩の荷が下りたような気分になったものでした。でも、生まれて、ナイトスピリッツのつもりがことばもできないのではどうしようもない。

4 期待に応えたいよ

わが家からそれほど遠くないところに市立幼稚園があります。そこの空き教室に通称子ども園と呼ばれているプレールームがあり、入園前の子どもとママが自由に出入りでき、気軽に遊んでおしゃべりができる幼稚園予備学級みたいなところです。

ボクは年度途中からバアちゃんとお弁当やお菓子、飲み物などを持参して通園し、日に二、三時間ずつ過ごし始めました。言語獲得を促進するための社会的交流の私的実践です。目の刺激にもなるはずです。

ところが、新年度四月の幼稚園入園を眼前にして、ボクはもっと遠いところの施設入所を余儀なくされたのです。そこは各種特別支援学校に入学する前の子どものための施設で、目に障害を持つボクは対象外なのですが、子ども園と市教育委員会と、施設側で協議がまとまり、通園許可となったようです。

「やられたな」とジイはつぶやいたのですが、パパは「仕方がないよ。手のかかる子だから、こちらの都合ばかりは通らない。送迎はジイが担当」となったのでした。

しかし、ママは市当局の措置やジイらの対応に承服できずし、幼稚園へ正規入園を求めて抗議に行ったのです。でも、現実の壁は厚く、紹介を受けた施設にどうしても馴染めないようだったら、その時点で再検討するという仲裁に合意せざるを得ませんでした。

結局、ボクは三歳になる年の四月から、市教育委員会の勧めで、その特別施設に通園することになりました。視力のないボクはオールラウンドプレーヤーでいつでも何処でも忌み好みはしません。が、ママはいうまでもなく反対でしたし、ジイとバアちゃんも気乗りはしておりません。忘れた頃にやってくる市あるいは保健所の保健師さんも賛成してくれません。かと思えば、特別支援学校の幼稚部を希望してはと、おっしゃる盲学校の先生もおりました。が、レールは敷かれたのです。遠隔地の盲学校幼稚部などはとても考えられません。点字教育の基礎より、視力が出ることが喫緊の課題ですから。

特別施設では午前九時半から午後二時まで家族の援助なしの園児になります。送迎はママ、ジイそれにバアちゃんの三人がロールプレーで担当してくれます。妹が生まれて一年経ち、ママも職場復帰、あわせてまだ歩けない妹も病院付属の保育所に入ることになりました。それぞれ新たな出発です。

施設には四人の保育師さんと十二、三人の子どもたちがおりました。ボクは担当にきまった先生と施設にすぐ順応しました。こだわり、常同行為、多動、奇声と夜驚など多彩な特徴を持っているのですが、言葉が出来ないかわり、現状認識は素直というか、簡単に変更受容ができるのです。相手の表情とか思いは読めませんが、雰囲気はなんとなく理解できる気がします。だから、入園直後の三日間、ママが別室に潜んで、待機観察していたのですが、その必要はまったくありませんでした。パパママ、ジイとバアちゃんのそれとは違う集団的規律にすぐ順応できたのです。

そして、施設の生活を始めて二ヶ月ほどしまして、ことばのできないボクがお家で突然、童謡をメロディにのってハミングしたのです。「むすんでひらいて……」と「あるこう、あるこう……」です。これまでに施設で先生やお友だちと唱和したことは一度もありません。先生がピアノをひいている間、ボクはただ歩き回るか、ブランコを揺らすか、一人遊びしているだけなのに。もちろん、曲の最後までのハミングではなく、三分の一か半分くらいで、後はメロデーが続かなくなり、初めに戻って繰り返します。いつか、お家でジイらの聞こえるところでやってみたいと思っていたのです。きっときっと喜んでくれるはずです。ボクは笑みがこぼれていたと思います。ジイとバアちゃんは驚いて聞き耳をたてていたようですが、やがてボクの演奏に支障しないよう遠慮がちに拍手をしてくれました。ボクはもっと続けました。二人の観衆は我慢ができないというように大きな、手もちぎれるような力強い拍手に変化していったのでした。「すごいよ」「すばらしい」「パパもママも驚くよ。ああ、ここまで来れた、ね」って叫びながら。

施設では話ができなくて、先生や他のみんなと歌はもちろん、ダンスもできないのですが、この間にボクは、先生とお友だちを声と体臭で覚え、区別でききました。遊具を使った遊び方だって少しわかります。

特になかよしグループとか、意地悪する子とか、いじめなどはありません。教育上評価すべきなのか、慨嘆納得すべきなのかわかりませんが、それぞれ自分の世界を持ち、その中で施設の生活をつくりあげているのです。

夏になり、すっかり施設に馴染めた頃、先生たちが口をそろえて、さも自分のことのように、あるいは指導の成果のように送迎のジイに吹聴したことがあります。ヨッちゃん、眼が見えるのじゃないかしらと。雑然と脱ぎ捨てられた上履きの中から自分のものを探し出したとか、指定の位置に置いたザックがなかったりすると、アピールするというのです。

ボクの上履きはピカピカの白で、ザックは黄色です。駐車場でママの黄色の車、そしてジイの白いクラウンを探せたことがあります。が、段差に気づかずに、もんどりうって転んだことは多くありますし、スプーンの表裏がわからないので、今でもクリームとかシチューを食べるのは手こずります。が、このように施設や眼科の先生たちは家族の一縷の望みをしっかり繋ぎとめてくれるのです。

しかし、どうにも言葉の壁は厚くて高くて、かつてのベルリンの壁もどきです。それもやがては瓦解したそうですが、ボクは家族とか医師とスタッフ、保健師さんたち、それに心配してくれている沢山のみなさんの激励と援助にどうしても応えられない。

ところが、このまま今年も現状維持にして平穏（?）に暮れていくのだろうかとあきらめつつありました秋十月、ボクはパパといて、唐突に「アイアン」と言葉を吐きました。ゴルフ用語です。その時、パパはソファにひっくり返って、テレビのサッカー中継を観戦中でした。休日には時間をとって、誉之介の面倒を見るようにと家族みんなから催促を受け、そのようになるのですが、ボクはパパとの時間くらい退屈なことはありません。応接室を脱出して、離れのジイらのところへ行きたくてたまりません。鬱屈したストレスがため息代わりに語呂あいの良い言葉を誘ったのでしょうか。「アイアン」って一言。

これまでにたった一度口にした「ヤクショ」より数倍、語呂あいがよく、口の中だけで早口に表現できるのです。実は南八幡のジイちゃんがよくゴルフの話をするので、その中の一語が脳裡に残っていて、ほとばしり出たと考えられます。しかし、正直いって言葉にしたボクはその意味するところは承知しておりません。単に欲求不満がたまたま幼児語の二音節構造のような音になってしまったという感じでしょうか。

しかし、パパはサッカーばかりではなく、ボクにも聞き耳を立てていたようで、これをさも自分が引き出したかのように離れに駆け込み、ジイとバアちゃんから夜にはママへといいふらしたものです。さらに尾ひれをつけて、たった一度の発声にもかかわらず、「誉之介がご機嫌なときの言葉のようだ」と解説、曲解もはなはだしいのです。多分、日頃のバッシングに抗して、ドでかいことで名誉回復を図りたかったのでしょうか。おかげでボクはそれ以降、ご機嫌なことを見せつけるには、例え一人遊び中でも「アイアン」を口にし、パパの名誉を守ってやらなければならなくなってしまったのです。これはまた、ボクにとってはストレス以外の何物でもありません。結果として、爆発的言語急増期は先送りされることになってしまったのです。

しかし、家族の慈愛の深い期待に応えるべきは自然の摂理でもあります。土俵際ギリギリでポイントを稼ぐと評価は高く、ご労苦に報えることにもなります。

と、申しますのはこの頃から、家族の言葉を理解できることがちょっとふえまして、指示に従って単純行為などをこなせるようになったのです。入浴する妹の世話を周囲に促しますし、これはボクの先天的マナーの一つですが、チョコレートなどお菓子類の包装紙はあたりかまわず捨てることをせず、ジイかバアちゃんに差し出します。気づいてくれないこともあり、そんな場合は腰から腕そして手へと這わせて手渡しします。お愛想に抱いて下さる遠来のお客さまにも決してイヤイヤせず、一人静かに緊張に耐え我慢ができるのです。プライドを損ねてはいけないと考えるからです。つまり、ボクは遅ればせながら、（そう、もう三歳を優に過ぎていますから、通常分娩の子の二倍か三倍の年月を費やして）言葉獲得の基礎とか条件は整いつつあるのです。

　そして、十日ほどしまして、「ババ、ジジ、ジイちゃん」それにいつもジイとエンジンを始動したり、ライトを点灯したり、遊具の一つでもあるトラクターを「ダッタ」と日に四語（！）もまとめて口にしたのでした。家族は砂浜に落とした金の指輪を見つけたよりもっと感激していました。一人、ジイは英語は未だかいなとひねくれていたようでしたが。

　まだトイレ希望の表現はできないのですが、衣服の着替えの際、片足を持ち上げたり、下着を二枚重ね着しますと、先の袖口が奥にめくれてしまうのが気になり、指を入れて取り出そうとします。へえ！とジイは感嘆感激しきりです。靴下だって、いつものところに準備してあれば、自分で履けるし、脱げます。左右の区別は無理ですが、妹のものとは区別できます。気分によって、好みのコスチュームを主張して、ママの留守中、バアちゃんを困らせることだってあります。要するに、ボクはこれまでのようにゼスチュアやパントマイムもどきでは日々の生活が満足できなくなってきていたのです。つまり、噴火寸前の活火山のように身体の中心から言葉を吐き出すウォーミングアップは完了しているのです。

　さらにもう一つ、ボクの言語獲得をせき立てたのはやはり、妹の存在です。妹が誕生して約一年、ママは産休をとって育児をしていたのですが、そのせいか否かはともかく、それまで喃語のみでしたのに、生後八ヶ月そこそこで妹が「あか、あか」と連発発声したのです。信号機の赤だろうとジイは推測したのですが、これにはボクもビックリ仰天です。うかうかできないなと感じ入りました。普通児のように日に九語ずつもマスターできないにしても、右手を斜め上空四十五度に突き上げ、淡いブルーの空に輝く三日月を「ふん、ふん」では兄としての面目が立たないと思い至ったのです。

「押せ、押せ、だ。これは」とジイはいつになく家族のみんなに大号令をかけたのでした。正しい言葉を間断なく浴びせろと。とにかく、ジイといれば、例えそれが独り言になっても言葉をぶつけてきます。黙して語らずはテレビの幼児番組を見ているときとボクを午睡に誘う所定の時間だけです。

それに童謡のCDセット十枚とクラシックですから、文字通りBGMにクラシックの煙幕がはりめぐらされ、オリンピック決勝を実況中継するアナウンスが混信したように、言葉のどしゃ降りです。これには少なからず閉口しました。いくらボクの成長の結果として、言葉発声の基礎ができたとしても、相応の文化的環境も必要ではないでしょうか。例えば、マザーグースの詩を格調高く読み上げるとか。いうなれば、言語獲得はシンプルに対応し、外圧を含めた要求に導かれるものではないと確信するのですが、はい。

十二月の半ば過ぎ、便秘がひどく、バアちゃんがママにも促して、もっと沢山の野菜と果物を摂取させようと再議決したようです。これまでもヤクルト、ヨーグルトその他野菜や果物のジュース類をとってはいたのですが、薬石効なく浣腸のお世話になるばかりでした。

「誉之介、バナナ食べようか。甘味が強いって、台湾バナナ」

ボクは反射的に口にしました。「バナナ」と。実は食べたくていたのですが、口にできなくていたかのように。そして、夕方、「バーちゃま、ジーちゃま」といい、これは一度きりではなく、脳の奥深くインプットしていた記憶をたぐりよせるようにして、ポツリポツリ同じ言葉を言い続けたのです。

「おっ、ついにやったね」

ジイとバアちゃんは期せずして、ボクを驚かせない程度の拍手です。感激ひとしおなのです。これは、ボクとして深謀遠慮があってのことではありません。でも、一番喜ばせたかった人、一番喜んでくれる人を無意識にボクは選定していたようです。

翌日から次は何を、どのようにいうか、ジイらはアフリカゾウのように両耳をバックンバックンして、聞き耳を立てていたのですが、残念にも不発でした。カメみたいです、ボクは。その二日目の夕方、離れのリビングで童謡を聴いた後でした。通園している施設でダビングしていただいたリズムの良い曲が終わると、ラジカセをジッと見入っていて、ハミングしようかと迷ったあげく、「バイバイ」と発声したのでした。毎日、施設のお別れ会での童謡とご挨拶がイメージとして脳裡にあったのです。続けて、「バイバイ、パパバイバイ、ママバイバイ。ジジババババイバイ、ママバイバイ」とできたのです。

年が明ければ誰でも新年は当然ながら清々しい気分で、今年何か良いことあるかな、あったらいいと思うでしょう。あたかも家族全体にのしかかる苦渋の重石があれば、取り除きたいと願うものです。わが家ではやはり、ボクの成長遅滞を取り戻したい、残された左眼の網膜が正常化し、視力が出て欲しいというのが切なる願いです。とりわけ、ジイとバアちゃんは毎日毎晩、頭によぎるのはそのことばかりです。このままボクの空白部分を放置し、あるいは成長にまかせて拡大するのを見過ごしてはいけない。ジイのボクへのかかわりを見て、ゆったり見える気迫とともにそう感じます。

とは申しましても、先ず言葉を理解し、その後で発声するのが条件ではないにしても普通のことです。その非言語的ものを身につけるにはパパママとか、わが家では他にジイとバアちゃんとかごく身近な人がボクと共通の対象に視線を向け、そこから受ける感情を二人で確認しあうこと、共通認識を持つことで発声の手がかりとなり、行為決定になるのではないでしょうか。先にボクは言語獲得の下地はできたというようなことを申しました。言い訳がましいのですが、そこに至るまで通常の子と比較して倍以上の時間がかかりましたのも、ボクにハンディがあって共通認識をもつことができなかったからだと一応断定したいように思います。

元旦以降、口にした言葉は傾向性もなく、脈絡も関連性だってありません。とりたてて長音と撥音が得意で、促音が苦手ということでもありません。

ある夜、ママが夜勤で妹はジイと、ボクはバアちゃんと就寝したのですが、十時には目覚め、二時まで完全に覚醒状態、あげくに風邪気味で熱にうなされたように盛んに獲得言語の披瀝は甲高く寝室に満ちるのでした。バイバイ、ピプポ、ポッポポッポなどばかり。やがて、ベッドから下りてドアを開け、リビングに向かって「バアちゃーん」と呼びかけました。同じベッドにバアちゃんはいたのですから、あわててボクを抱きしめ、「しっかりして、誉之介……バアちゃんはいつも誉之介と一緒にいるのよ」と突然涙声になり、悔しそうに続けたのです。「どうしてこんな生まれをしちゃったのかねえ……でも、大丈夫、誉之介、きっと見えるようになるよ」

やはり、目覚めていたジイが静かに大丈夫だよと相槌したのですが、それを機にバアちゃんはウククウククと声をあげて泣きだしたのです。気丈なはずですが日頃の悔しさと悲しさと不条理に抗し切れなかったのでしょう。エアコンは自動停止したのか音もなく、不覚にもボクはその二の腕の中で眠りに落ちたのでした。

何度も申しますが、療育センターの先生の診断ではボクの知的発達度は実年齢のおよそ半分とされています。それだと、ボクは一歳半くらいです。ジイはこの年齢ですと、有意味語を持たず、指差しもなく、要求手段はクレーン現象で表現することも大いにありうると申します。「誉之介もまあまあってとこかな」と身びいきでいうのですが、バアちゃんは納得いかず、もうちょっとねと物欲しそうな顔つきになります。ボクには喃語に近い、意味のない言葉が多くあるからです。待ちに待ったのですから、もう少しマシな有意味語が残りものの福としてあってもよいのではとの考えらしいのです。

最近の研究者によりますと、乳児は撥音、長音、促音などを含むネンネ、ブーブ、クックのような二音節構造の育児語に好みを示すということです。が、ボクは形式、内容、使用など言葉の構成要素とは関係なしです。現在のところ当然ながら、伝達手段でもなければ、思考のためのそれでもありません。あくまで自己中心、いくつかの音が連結して身近な言葉になったプライベートスピーチといった段階です。それに、発音が明確でない構音障害あり、です。でも、ボクはきっと、ハンディを克服して一人前になりたい。いえ、きっと言葉をものにします。インドのアマラ、カマラみたいにはならない。だから、バアちゃん泣かないで。

少し意地を

ボクが言葉一つを口にすることで家族が胸をなでおろしたり、金輪際口をつむんでしまって奈落の底に突き落としたりの日々は過ぎ、まもなく三歳半になります。ジイは希望的観測もあったのでしょうが、近いうち爆発的語彙急増期があるはずと言い続けます。普通の子より発達の遅れているボクでも日々その三分の一、二語くらいはと思っていたようです。人間には言語獲得装置と感情を表現する表情、声あるいは身ぶりのパターンを生得的に備えているのだからというういつもの主張です。

よって、ジイはこれまでより以上に言語獲得援助システムの役割を軽減してしまったのです。日常生活の中でボクがどのような好みと志向性をもって成長するかを傍観するつもりのようで、あれをしてこれはダメというような枠組みはつくらないのです。これは視力のないボクに型にはまった制約を課したら、ボクの世界がもっと狭くなると心配したのでしょう。暴力はもちろん、叱ることもしないと決め、パパママにも進言したようです。焦っても仕方ない、誉之介なりのペースでやるしかないと考え、チョムスキーが証明したように言語獲得は認知発達と相互作用しながら進むという説も素直に受け入れたのです。いえ、夢も希望もなくして、並みの人生をあきらめたというのではありません。山あり谷ありが世の習い、ボクが持てる条件を形と音にすることで周囲に勇気と希望を与えることをも期待してのことでしょう……それなら、ボクだって！

夜、バアちゃんが黒豆の品質選別を二日間やっていました。正月料理につくった煮豆が好評だったので、友だちに分けてあげるのだそうです。その二日目、作業開始したばかりのところへ立ち、盆の上を転がるユーモラスな音にあわせて「マメ、マメ」と二度いいました。家族を表現する言葉以外での一般名詞はめずらしい。特に促されてのことではありません。そして、関連はまるでないのですが、「パパも」「ママも」と助詞「も」をつけ発声しました。唐突で自発的発声です。

「ン？　日進月歩」とジイの注目を引き寄せたのですが、残念にもまたそれで終わり。言葉の爆発的急増期なんて、どこの国のどんな子のことでしょう。一日一語も獲得できません。

三、四ヶ月ほど前、ジイが演歌をラジカセで聞かせてくれました。ボクは楽しくて、うれしくて、近くの丘でウグイスの声を聞いたときのようにウキウキです。満面の笑みを浮かべて。こんなに好きなら、カラオケ教室に通わせて、清水博正くんの二世を狙うかと演歌ファンのジイは小さい眼をもっと細めたようでした。でも、波止場とか汽車、それに義理に人情に泣いて分かれてなんて可愛くもない演歌への関心はすぐに薄れました。童謡のCD演奏の方が意気に感じます。施設の先生とピアノ伴奏で合唱した曲があったのも理由の一つでお家でも歌えるような気がしたのです。

ナランナ、ナラナー
アカサタ、タタ
ナ、ナ、ナーンタ

もっと続けたいのですが、後の歌詞が記憶にございません。施設では助け舟があって何とかなるのですが。

「チューリップ！　でしょ。誉之介、お上手だわよ」バアちゃんが叫んで、拍手してくれました。最近はある日ある時、突然想定外の発声です。促されることなく、望まれることもなく、ボクの意地かな。それとも家族やお知り合いへ安心を与える思いやりでしょうか。

初語は平均的成長の幼児より十分に遅れて、たった一言「ヤクショ」のみでした。それも一度口にしただけ。その後は例え、テポドンがわが家に打ち込まれたとしても発声はなしです。武士じゃないけれど、二言はない。

ところが、です。人生には異変があるから面白いとジイは申します。三歳の誕生日から数ヶ月過ぎたある夕方でした。庭木の剪定をしていたジイが仕事も一段落して、三脚梯子から下りてきました。ボクがママと応接室にいるのを見つけ、「おーい、ヨンさま。こっちだよ、見えるだろう?」と、実に大げさに呼びかけてきました。こんなことは度々で、自分自身が気分の転換を図るとか、思考の全面否定とか、マスコット代わりに見立て、癒しを求めるためでもあるのです。だから、ボクは時々、躊躇なく無視をします。このときはたまたま、ママが一緒だったので重厚なサッシ戸が開けられました。ジイはフフンとママにうなずきつつ、

「こっちですよ、優しいジイちゃん見えない?」

ボクはジイの声の方向に向いたか、視線が繋がったかわかりませんが、「見えない」とオウム返しに一語文が口をついて出たのでした。画期的! です。

「えっ!」ジイの歓喜は長い日陰の暮らしから解放されて、漸く日の目を見ることができた冤罪事件の主人公のようでした。

「ヨノスケ、やった! ね……」

でも、すぐにジイの声は次の言葉を探しあぐねて、ガックリです。多分、顔は痴呆のようにゆがみ、ひきつっていたでしょう。

「見えないって、最初のまともな文節がそれか、ヨンさま。誠でいらっしゃるか」

歓喜は苦渋の反語なのでしょうか。不条理というべきか、ボクは人生初の一語文で、自分の将来を意地で暗示したのでしょうか。

言葉の意味するところの大きさを喜んで良いのか、悲しむべきなのか、それでも喜ばずにはいられない。ジイは10kg余りのボクをおもむろに抱き、前庭を跳び回りました。狂気の沙汰です。本当か、やっぱり駄目か、そうなのかと汚物でも吐き出すような声音でした。

その夜、ボクの言葉は早速、ママからパパに報告されました。

「そうか、エライぞ。誉之介は鈍行列車だから、ゆっくりゆっくりお利口になるんですよって、ね。ふん、ところで、ママ、ビールくれ。喉カラカラだよ、オレ」

パパもママも、いつもの日常があって、明日に繋いでいくだけの締めくくりの時間の接続を冷静に受けとめているのです。

「台所の冷蔵庫にはないわよ。倉庫のに入っていたかしら」

ママは職業柄、理性的というか、慌てたり、感極まって取り乱したりはしません。過剰な期待や思い込みもしないのです。

ところが、ジイにとってはオウム返しの反響言語、エコラリアの一語文だったにしても注意万端、周到に築いてきた砂上の楼閣はあっさり崩壊を物語ったわけで、

「近々、相打ちで討ち死にするしかないかなあ」と、離れのドアの向こうによろよろと消え、お風呂の時間になっても現れませんでした。五年に一度ずつ、計三つの内臓摘出を繰り返し、挙句に心臓手術

をも受け、その度に執念深く立ち上がりながらも、このパロディにはこたえたようです。

忙中も優雅に

二歳過ぎの正月、二つの病院に入院しましてから、ボクの早朝覚醒が顕著になりました。就寝が早ければ、○時頃、遅くとも四時前には眼を覚まします。おかげでジイは睡眠不足を嘆くのですが、バアちゃんは体重が増えます。困難に打ち勝つ精神力を体得しているようです。

この睡眠の悪癖が正常な成長を妨げている原因の一つに違いないと医師の指導を受けました。ボクは四季に関係なく、夕刻六時から七時には寝つく毎日だからです。昼食をしっかり食べさせられ、といっても食欲はいつも少ないのですが、その後、ジイとドライブです。運転する腕に頭をよりかかるように抱かれ、出発です。車が好きで快適なものですから、ゆっくり走って、距離で二、三〇〇m、時間にしたら、一、二分でコロリです。でも、この睡眠導入ドライブは長く続かなかった。早朝覚醒改善に余り効果がなかったことと、ボクが運転に興味を持ち、眠りにつくことが少なくなったからです。バアちゃんはボクを騙すのが得手で、生あくびをしたり、いびきを演じて眠りを誘おうとするのですが、ボクもそうそうその手に乗りません。快適ドライブの創造主は運転手であることを理解したのです。ハンドルに手をかけただけでもういっぱしの運転手気取りですから、ワイパーやウインカーを操作、定例コースから外れたのを感知したら、ハンドルやキーをいたずらして抵抗します。すると、ジイらは視力が少し出てきたのだろうかと、むしろ好意的なのですから、やり得、いたずらのし放題です。

この時期を経て、ボクは車のキーに並々ならぬ執着をもつようになり、それは後に奇癖として発展します。キーはボクの手指くらいの軽量鉄片で大きな図体の車に生命を吹き込むことができる。エンジン快調、ライトをつけウインカーをチッカンチッカン、クラクションをいななかせて、高速を走ります。ボクを東京や温泉旅館に連れて行ってくれる。テレビもナビも見られる。みんなキーの力です。今のボクから脱皮できる魔法の杖かも！

　ある朝、パパの出勤時のことです。ボクがキーを渡さないものですから、時間のないパパは無理やりボクの手からキーをもぎ取り、そそくさと街道へ出て行きました。残されたボクの焦燥感、無念と空しさと自己否定をご理解いただけるでしょうか。パパの出勤より数倍大事でお気に入りの一つが問答無用に奪われたのです。立ちんぼのまま、しばし無言絶句。そして硬直、微動だにしません。それから突然玄関前に倒れこむと、敷石に頭をゴンゴンぶつけはじめたのです！

　驚いたバアちゃんが抱き上げようとするのですが、ボクはドアの端にしがみつき、脚をバタつかせ抵抗したものでした。

　ボクは「キー」を「かあぎ」といいます。キーは言葉でなく音で情感に響きません。ボクにとっては言葉は叫びで唯一のピーターパン的マスコットであって欲しいし、歓喜の中から出るべきと思うのです。妹が生まれ、何事につけて対比され、周囲に安心を印象づけながら、健やかに成長しているのを横目にボクはその月、三歳です。

　どういうことか、ボクが日々、「かあぎ」を口にするようになると期を同じくして、ボク自身懐柔制御できない部分がボクの中に大きく位置を占めることになってきたのでした。

　朝、妹と二人、ジイとバアちゃんに抱かれて、パパママの出勤をお見送りするのですが、この時期すっかり妹に触発されて後追いをし、上体と四肢をバタつかせ、泣きわめくのです。パパママとの別れもさることながら、行動の範囲から車とキーを奪われることに抵抗できないもどかしさ、悔しさ。足元不安定のために転び、頭や顔を何かにぶつけたりすれば、反動的に手にしていたものをたたきつけ、地団駄踏んでもこと足りず、ガラス戸を延々と叩き続けます。どうにもコントロールできない負の部分というところか、それとも成長と見るべきかな、反抗期とか……

そして、この時期ボクはもっと真剣に怒りと抵抗と拒絶を表現する言葉を編み出しました。何故か、理論的根拠は何もないのですが、ジイは聞き取り上手なので真意どおり、遅滞なく家族に知れ渡ります。それは「アラァ」か「アラァー」もしくは「アラ」の類と「ドン!」または「ダン!」です。例えば、パパを見送る朝、ジイと遅れて玄関を出てみたら、その車はすでに街道のはるか向こうだったりだともう、たまりません。「アラァ」か「ダン」を叫び、屈みこみ、脚をバタつかせ、手にしていたものを投げつけるのです。施設などでも、年上の園児たちに突き転ばされたりすると、もっと大声で叫び、悔しくて床を叩き、額を打ちつけます。

ボクは誰かが注ぐ視線の先に自分のそれを重ねながら、その感情を推量したり、聞き及ぶことで態度を決定することはできないので、一人よがりかわがままと理解されることも多いのは当然です。社会性など、あるはずがありません。

例えば、トラクターは操作が難しいので、ジイにエンジン始動をしてもらい、ライトを点灯、ウインカー点滅、クラクションを鳴らし続けます。少しすると、エンジンを停止させ、また最初から同じ操作を繰り返します。何度目かにはジイもさすがに飽きて、ボクを説得して部屋に戻るのですが、ボクは納得しているわけではないので、すぐまた、ジイの手をとり、トラクターへと促します。遊びに一段落つけるとか、他のことに関心の的を移動することができない。一つのことに集中し、徹底埋没するのですから、学者になれたらノーベル賞も夢ではないとも考えますが、ジイはＡＤＨＤか自閉症かなと悩むのです。

ジイやパパがいつも使用するものには全て関心があります。ひげそり、ドライヤー、携帯電話、ラジオにＩＣレコーダーなど。操作した経験がありながらも、再挑戦でひどく驚いたことがあります。電気カミソリでひげそりを真似ようとしていたのですが、スイッチを入れましたら、通常のものと全然違うモーター音です。それはもう、聞き慣れない、恐竜同士が噛みつきあっているような鬼気迫るものだったものですから、ビックリ仰天、思わず放り投げました。すると、カミソリは百獣の王の両雄さながらの威嚇に床フローリング上で振動しつつ、へビがとぐろを巻くようにクルクル回転して、縦横に這いずり始めたのです。後で考えますと、ひげそりときわぞりが同時に作動したようなのです。濃い夕霧の中のような視界に現れたこの異常にボクはまたまた仰天至極。どこへ逃走したらよいものやらドアやソファにぶつかり、カーペットにつまづき、大声で泣きながら、部屋を飛び回ったのです。が、恐怖を意味する言葉は知らないので、叫べませんでした。

家族とか、度々お出でになるお客さまの車ばかりでなく、朝夕、街道を往来する車にも大いに関心があります。最初はジイと手をつなぎ、走る車に手を振っていたのですが、日が経つにつれて、関心と興味は拡大発展します。歩行未熟ながら家族の目を盗んで、道路に出るようになりました。ダメダメと諭されているものへ近づくのは恐いもの見たさと同じ。後ろ向きでそろりそろり中央付近まで歩むのです。

早めに気づいた車は徐行してくれるか、停止してくれます。ドアを開けて、何か叫ぶ運転手さんもいらっしゃいます。ボクはその前に小走りで退散してしまいます。誰に教わったわけでもありません。その俊敏な行動をとりやすくするための後ずさりだったのです。でも、方向を見誤ると側溝落下です。

ある日、ご寄贈いただいた中古の手押し三輪車をかかえて、道路に出ました。車輪が回ると、あわせて車軸の回転木馬が動き出すあれです。左手に黒く図体の大きな車が近づいていました。多分、流行遅れのRV車でしょう。ブオーとそれらしいエンジン音が迫ってきます。敵陣に乗り込むのはきわめて危険です。が、蛮勇あってこそ狂喜への一点突破全面展開があります。もう一歩！　後ずさりしてから退散と思った瞬間でした。車のクラクションがボクの耳朶から雷鳴のように鼓膜まで突き通したのです。北米アラスカのトナカイか、冬の下町にこだまする屋台ラーメンのチャルメラみたいでした。ボクの発育未熟の心臓はドッキーンと高鳴って、そのまま休止。逃げようとして回転木馬に脚をとられて転倒、一回転半して敷地内に滑り込んだのでした。

こんなにせわしくこだわりと危険な日々がありまして、ジイとパパは正門に門扉、車庫側の通用口にはフェンスをしっかりととりつけてしまったのです。日に日にボクの行動範囲は広がりつつあったのに残念です。

二月の末、珍しいのだそうですが、大雪が降りました。離れから母屋の付近それに車庫の周辺をジイが朝早くから一人で、いえ途中からバアちゃんも手伝って除雪作業をしました。一段落した頃です。バアちゃんが「見て、見て」と慌てた声でひそやかにジイを呼びます。どうやら、ボクのことのようです。大人用のコウモリ傘をさして、除雪したお家の周辺を悠長に優雅にそぞろ歩きをしていたのです。さも、柳の枝がゆったり風になびくお堀端の小道を明治の頃の芸妓さんが散歩するように、です。傘は昨晩使ったものを広げて干してあったシックな水色に明るい紅の模様があるものですが、これまで見聞する機会はなかったはずなのになぜ頭上にかざすものと知ったかと驚いたわけです。さあ、どうでしょう？確かにボクは風邪などひいては大変と万全の態勢で育児されていましたから、雨の中、傘をさして外出した経験は思いつきません。いつの日か、車中からの眺めで傘を知っていたのでしょうか。ということは、やはりボクにいくらかの視力と知的な発達遅滞の中にも過去の記憶があることを証明されたわけですか？

「日進月歩で良くなっているのかなあ」

と、ジイはその後しばし沈思黙考でした。

5　またぞろ病気が

ボクの育ちは暗夜の行路を盲目のカメが進むようで、そこへ退屈しのぎかメリハリをつけるのか特異な行為行動と病魔が見舞ってきます。未熟児ゆえの宿命で免疫力とか抵抗力とかが整っていないからだそうですが、ボクは明確に虚弱体質です。生後一年を経過してからも育ちは決して順調とはいえず、食は細く、好き嫌いが多い。結果として、発育不良です。農作物で申しますと、発芽から遅れをとったハンディは結局天候異変や病虫害に弱く、最後まで追いつけません。そう、規格外品として処理されてしまいます。ボクもその方向性にある気がします。眼に障害を持ち、慢性便秘に不眠症や猛烈なアトピー性皮膚炎を患い、風邪を引き易い体質で年に十数回はその徴候が現れます。

あわや！　命が

お正月の元旦午前九時少し過ぎにもかかわらず、県内有数の大病院は受付付近が多数の人だかりでものものしい。折柄通常の患者でないわけで焦りと困惑とどよめきで殺気立ってさえいる。そんな中で、ボクはさらに顔面蒼白で生気はなく、それに断続的に痙攣さえ見え始めたのです。ジイはボクの命の危険を感じたのでしょう。受付カウンターに向かって、「子どもが変だ、痙攣している」と叫びました。電話の受診申し込みや診察受付で事情を飲み込んでいた女性職員は飛び出してくると、医師を呼び、応急処置を受け、CT検査室へ運ばれた。

CT検査は念入りていねいに行われました。ボクはぐったり疲れて、タコかクラゲのようにされるまでです。短くも生を途絶えるというのはこんな過程を踏むのかしらん。

やがて、ジイは静かに診察室へ呼び込まれました。真冬、それにお正月、白衣の下は丸首シャツに無精ひげの医師はおびただしい数のCT写真を電光板にはりつけ、迷路の先の到達点を探すように恐い目線を一枚一枚に突き刺しています。

その日はボクが生まれて二度目の元日でした。ママは大晦日の夜勤明けからまだ帰宅せず、それ以外の四人でお雑煮を食べ、新年の慶賀を祝った後です。防寒衣装を整えて、お宮参りをするのが岩瀬家のならわしですが、その前にジイは歯磨きです。真似てボクも洗面台隣の洗濯機に上り、ブラシを口にするのが日課でした。いつものように窓を開け、隣家の庭にいるワンちゃんに挨拶をと、その瞬間、お尻が突然宙に舞い、床に叩きつけられたのでした。小さな頭なのにドタンとすさまじい音です。反動で軽量級のジイは三十cmほどバウンドし、ボクはそのまま、ダウン。泣くことさえできません。慌てたジイはすぐ抱き起こしてくれたのですが、白目をむき、肌色蒼白、成仏に時間待ちです。

ジイは頭で一瞬、救急車をイメージしたそうですが、これまで何度も高所からの落下経験で耐性ができているかもと判断したのでした。とりあえず、ジイのベッドに運び、ソッと横にしてくれたのです。

駆けつけたバアちゃんとパパはベッド周りに立ち尽くしました。ところがいびきはバアちゃんとトラ合戦などと揶揄されるくらいでいつもの通りです。１ｍほどの洗濯機の高さからの落下は何度か経験ずみなので、少し状態を静観してみてはとなったようです。

そして、ほどなく目覚めたボクは少し咳き込んだのですが、そのはずみで激しく嘔吐を繰り返しはじめたのです。

「これは……頭打って嘔吐は良くないわ。病院で診察受けた方がいいかも」

とりあえず、ママの病院を聞きあたることにして、電話を入れたところ、休診というので他の病院の応急外来にダイヤルしました。バアちゃんはやはり看護師、その道のプロですから、要領よく、また緊急の要ありと説明したためか、すぐ来院するようにとなりました。救急車より自家用車が早いだろうと、ジイの車でバアちゃんと三人で出発しました。パパはママが帰宅後、ボクの診察結果を待って、入院が必要なら、その準備を整えて駆けつけることにしたのでした。

「おじいちゃん、お孫さんを洗濯機に乗せたりしてはいけないよ。一歩間違えたら」

医師の先生は第一声でそういったのでした。

「あ、はい？　それはもう承知して……」

ジイちゃんらは揃って、フーとため息をつき、医師の言葉を待ちます。脳波に異常があったら、重複障害児です。パパママに何んて言い訳をしたらいいのか、ジイは医師の思わせぶりの語り口に内心、恐怖さえ覚えました。

「胃腸炎です。胃の風邪みたいなもの。脱水症も起きていますから、入院して下さい」

「胃ですって、入院？　今日、元旦から？　パパママに相談しないと」

ジイは一安心したものの、かなり焦っています。脳挫傷の疑いはなくなっても、ボクの健康を損ねてしまった監督不行き届きの責任を感じたようです。

「パパが間もなく来ることにはなっているのですけど、ね。それで何日間くらい？」

バアちゃんは事態を受け入れるにしても、付き添い担当の配置をどうしようか、そちらも思案しています。

「回復状況を診てですからねぇ、ふん、五日か一週間か」

それくらいの短期間だったら、ジイに頑張ってもらい、補足的に成人三人が務めれば、と、瞬間的に思索は結論にいたったのです。何といっても、無職で生活面でも応用がきくものですから、当て馬だったり、本命だったり、ジイは還暦過ぎて貴重な存在なのです。

こうなりますと、子守り担当の責任も忘れてしまい、男のおれがなぜという意識のようでした。

「まとめなくちゃならない原稿があるからなあ、ママに休みとってもらったら？　母親が一番だろう。最近、親権主張も強いし」

お金になる原稿ではなさそうでも、バアちゃんはジイに一目置くのが普通なのですが、「病院が困るでしょう、看護師が急に一週間も休んじゃったら……お正月だもの」と応じません。

ボクもいつも一緒のジイならいいなと考えていましたら、その途中でパパからバアちゃんの携帯電話に緊急連絡です。ママが勤務中に倒れ、緊急入院したというのです。風邪らしいのですが、下痢症状もあるというので、ボクと同じ胃腸炎かも。

「アチァ！　素晴らしい年明けになってしまったものよなあ、なんてことだ」

かくてやむなく、想定していた通りの展開となり、ジイがボクの付き人になったのでした。ボクにあてがわれた病室は三階小児病棟で南向きの狭い六人部屋です。南向きでも他病棟の陰で日はさしませんし、視界も一〇〇％、コンクリート壁がさえぎっています。

ベッドごと汚れたカーテンで仕切られた病室はすし詰めで、まさに乳幼児のそれらしく喧騒そのもの、病気のための咳や息苦しい呼吸音、あるいは慣れない環境のためか、夜昼の別なく泣き叫ぶ声が混在し、間断なく車が往来するトンネルのようです。それに医師と看護師が頻繁に出入りし、いつになっても泣きやまない子をもてあまし、うろたえ、若いママさん自身が泣き出したりもします。騒音雑音すべて競合競演、修羅場です。

それに加えて、宵のうちに熟睡したボクは零時を過ぎますと、周囲の物音に反応してパッと覚醒します。そして、ご機嫌にヨッ、ハッと掛け声よろしく正座位ジャンピングでベッドを飛び立つほど自己顕示して、あげくにウハハ、ワッハハと高らかに嬌声も発します。他の五つのベッドの乳児の諸君と付け人たちは何事かあらんと一瞬呼吸をも停止して、こちらの状況をうかがっているのでした。

ジイは慌ててボクを押し倒し、ミルクを与えてくれるのですが、ボクはチビチビ飲み終えますと、例により瓶をポイ捨てです。床にはじけて砕けようが、転がりようがお構いなし、喧騒の仕返しです。

この夜、ボクはまだ短い人生ですが、初めてジイに頭をゴツンと殴られました。そもそも、殴ったり叩いたりしない子育てというのがジイの方針なのにこの言葉なき一撃の意味するところがボクには理解できません。が、ゴツンときた衝撃は痛みを伴って、行為を中断することになりました。頭を何かに打ちつけた気配はないのに、唐突な衝撃と痛みです。ジッと静止黙考、泣きません。目と言葉が不自由なのですから事情とジイの意図に考えおよばない。ですから、小休止後すぐ、行動再開です。ヨッハッ、ヨッハッ。得意の座位膝立ちジャンピング。

このままでは、そろそろ寝つき始めた子たちの反転攻勢が倍になりかねません。ジイはボクを毛布に包むと、長い廊下の中ほどにあるナースセンター前のロビーに転居したのです。看護師さんが二人、こちらを不審そうに見ていたのですが、そこまで聞こえる乳幼児たちの阿修羅の叫びに気づいて納得したようです。

そこで、ボクはジイと二人、誰に気兼ねすることもなく、またボクなりの示威行動を演技したりして、再び寝ついたのは朝の七時近くでした。ジイは結局、一睡もできなかったようです。バアちゃんが代わってくれると、お家に帰って休んでから、夕方また来てくれるのですが、バアちゃんの都合がつかないと、三晩連チャンの夜勤になることもありました。

さて、遅い朝食になり、ボクはミルク、ジイはパパが出勤途中に届けてくれたおにぎりで間に合わせるのですが、部屋の狭いのには閉口です。中通路の片側三ベッドの真ん中にいたボクらは両側のベッドが動くたびに空間が狭められ、サイドテーブルの引き出しや片開き戸が開かなくなる始末です。ボクの人生を暗示しているかのように。

ジイは例によって、こんな場合にととっておいた本や古文書の教本などを持参していますし、集中力は人一倍なので退屈はしない。ところが、たまたまボクのベッドでまどろんだりしますと、何の因果か、看護師さんがうきうきして、嫌がらせにやってきます。ヨノスケくんの検温お願いね。はい、お薬です。点滴の交換です。お体拭きましょうね……と言うわけです。それにテレビで報道されるようなことがやはり、あるのです。「ごめんなさい、ヨノスケくん。点滴間違えたらしいの。うーん、同じお薬だったから、心配することはないけれど、他の患者さんのだから、とりかえましょうね」と、おっしゃる。薬が同じで害がないのなら、取り替えることないじゃないかと考えるのですがそうはいかないようです。

「ふん、江戸時代の合戦に兵糧攻めというのがあったが、ここは不眠不休を処方して新たな患者をつくる商魂らしいな」

ジイはつくづく呆れてつぶやいたものです。

それやこれやで、ボクの入院は二週間に及びました。明日は退院できるかなと、担当医師から診断された翌日は決って下痢症状が再発し、発熱もするのです。不思議なことに代替のバアちゃんの付け人当番に限ってで、それが二度です。そのたびに退院は延期です。ジイが読んでいた医学書によりますと、ボクのように寝つきが悪く、食欲にムラがあって、排便の間隔が不安定、あるいは人見知りするなど生物的機能が不規則の乳幼児にままある現象だそうです。

ボクがどうにか退院にこぎつけた日、偶然か、本人希望か、ママも退院できたのです。そして、バアちゃんとパパの相談で、ボクら二人はしばらく、ママの実家の南八幡で静養することに決定されたのでした。

再び、あわや！

ところが、ママと南八幡へ静養にお邪魔したはずの翌々日の夕方から、ボクはどうにもけだるく、熱っぽい。呼吸も苦しく不安定なのです。時々、悪寒と痙攣さえ生じ、倦怠と脱力感がまぜこぜで時々意識朦朧とさえなります。ママと他の家族は風邪か胃腸炎のぶり返しと思い、ボクをもっとコタツの中に引き入れたのでした。ああ、ボクはもう苦痛で自分がわからなくなりそう。はかなくも短い人生はこんな繰り返しで閉じられるのでしょうか？

そんなところへ、バアちゃんがひょっこり現れたのです。何となく胸騒ぎがしたと。そして、ゼイゼイハアハアのボクを一見、額に手を当てて、びっくり仰天。「ママ、これ肺炎よ、ひどい、ね、つ。すぐに病院に連れて行かないと大変なことになるわ」

さすがにバアちゃんはその道にかけては、ママとはキャリアが違います。その夜一晩放置されたら多分ボクは……年齢加算による感の閃きもあったのでしょう。裏を返せば、ボクの天性のSOS、テレパシー発信装置が動作した結果だと思います。つまり、生命力！　でしょうか。事実、前に述べましたが、ボクが誕生間もなくの眼の異常とか三歳過ぎてからの難聴をジイが気づいたのですが。誰かがきっと危機無線ランを受信してくれます。ボクの細々とした人生は断ち切られそうで度々つなぎ止められるのです。

かくて、新年早々二度目の入院は、どういうことか、またかと武者震いを奮い立たせたジイを付け人に従えて敢行せざるを得ませんでした。

それやこれやで結局、誕生以来ボクは二つの病院の発達外来で診察を受けております。一つは誕生した病院、もう一つは公立の総合病院ですが、何らかの障害をかかえている乳幼児の治療をメインにしています。

この病院の先生の話では、未熟児は当然にも精神的肉体的遅れが生じます。それを取り戻すには最新の医療技術をもってしても不足分の在胎週数の何倍も必要なのだそうです。裏を返せば、人間の発育条件は宇宙開発が進み、地球のはるかかなたで人間が生活できて、五〇〇km先の針の穴を突き通す精緻なミサイルが大量に生産されている昨今の科学技術でも、母親の胎内で羊水に湯浴みしてのそれにはかなわないようです。ボクの成育についても焦らず、気長に見守ってとおっしゃるだけで、いずれの医師の先生も見通しなど、それ以上のことは申しません。

健全な肉体に健全な精神が宿るとかの有名な教訓があるようですが、ボクが身をもって推量するところ、健全な成育を果たせない状態では歩行は遅々として発達せず、言葉はさらに無理、アマラカマラ並みかと周囲を意気消沈させてしまいます。言葉ができなければ、考える手立てがないのですから、知的発達は相乗的に遅れます。当然のことです。ところが！　元気になったボクは突如やったのです！

病院のプレールームでオモチャの新幹線車両をいくつか使って遊んでいました。他に親子らしい二組がおりまして、そのうちの言葉のやさしい母と子も同じ新幹線遊びです。いくつもの車両を連結し、長い新幹線をクネクネ蛇行運転しています。ボクには連結ができませんので、一両ずつ走らせたり、退行させて転覆させたりばかりしていました。すると突然その母が、「子どもさん、目がお悪いんですか」とジイに語りかけ、返事を待たずに「ねえ、あなた、その新幹線お貸ししてやったら？　そうしなさい」とボクと同い年くらいの男の子におっしゃった。ジイは、「いや何、ふん、ほっといてやって下さい」とご遠慮申し上げたからではなく、その子はさらに夢中で先頭車両を部屋いっぱいに走らせ始めた。ボクにはそんな親切を心待ちにする甘えも期待も持ちあわせないので、手にした二両を並べ、前に押したり、後退させたりを何度も何度もくり返すだけです。新幹線車両を手にしただけで感動のあまり、長い新幹線が羨ましいとは思いません。やさしい母は声もやさしくて、

「お子さん、ずっとジイちゃんと一緒なのを拝見していましたけれど、お母さまを恋しがったりしませんのかしら……うちの子なんてひとときも」

ジイは小さく、「あ、ふふ、そんな、そんな子なんだ、よね、誉之介。……フヒヒ」

変な笑いをするんだ、ジイはと思ったまもなく、そっと立ち上がったようです。長い新幹線は車の音をもっとにぎやかにして走り続けています。やさしい母の声もしません。ジイの気配も感じられません。いない？　ボクはいっきに不安に見舞われました。ミルク調達に行ったのかも知れないジイを待ちきれず、そろそろと立ち、不確かな足どりで歩み病棟の中間付近のわが病室へ、そして、紛れもなくわがベッドにたどりついたのでした。不安ですが泣きません。恐れおののくより一途です。

エッ？　って、白いもので顔を押さえていたジイは。見えるの？　感か閃きか？　って。ボクを抱き上げると強い力で頬ずりし、またフヒヒ、フヒヒと変な笑いをしたのでした。ボクは初めて、慣れていない環境で目的地まで単独歩行を成功させたのでした。後で思ったのですが少しずつ感性が発達し、あ

る意味で恐さを知らない勇気も出てきたのです。

多重障害？

ボクが深夜、パッチリ覚醒してしまうのは本人の意思ではありません。昼夜倒錯というのとも、ちょっと違うのです。家族も困り果て、最終的に三つの病院の診断を受けました。脳波から検討した医師は、適度の運動を試みることと、早寝を妨害してみてはどうかとおっしゃるのでした。医師としては健康的な対策を進めてくれたのでしょう。そのような対症療法でどうにかなるのでしょうか。一番の被害者は眠りの浅いお年寄りですから、ジイらはこれまで知恵をしぼり、各種対策は実証済みです。が、お医者様は頼れる存在のはずです。改めて、ご指導ご指示に従ってみなければ、先が見えません。

さて、適度の運動です。ジイとグラウンドで遊ぶことになりました。どうにかつかまり立ちのボクは芝生をもたつき歩き、時に不安定に走らされるのです。かげりのみの視界に広がる茫洋とした空間、その向こうに森があり、大空に突き刺さるように何か建物らしきがほのかにあるようです。初めての経験です。開放的で呼吸に匂いも感じられます。厭わずボクは嬉々としてはしゃぎまわりました。

その二日目です。ジイの手を離れ、走るにしろ、歩くにしろ、何も障害のない芝生のグラウンドは進む方向が定まりません。右か、左か、それとも直進なのか、感の閃きが失われてしまうのです。フラフラ、フラフラと海中を遊泳するクラゲのようです。たまらなく、恐怖にさいなまされます。ジイを呼んだ！　いえ、ジイがボクを呼んでいるようです。

「ヨノスケ、ドコへユク？　コッチダヨ」

ジイが前にいます。そちらへ足を向けますと、「ドコヘイク、コッチコッチ」今度は後から聞こえます。心細くなりました。ボクは向きを変えて走り出しました。右に左に、蛇行したかも知れない。

「ドウシタノダ！　ヨノスケ、コッチダロ」

声のトーンは高く、あたり一面に散らばります。

「ふん！　……ふん！　ジ・イ……ああ」

ボクはもう、持てる言葉を夢中で叫びました。ジイの声が聞こえるのですが、どこからかがわからない。どちらの方向に進んでいいのか迷って、立ちすくんで泣き出しました。すかさず、ボクの体が宙に舞い上がったようでした。

「どうした、誉之介、ジイちゃんの声、聞こえないの？　ここにいるんだよ、ほら」

ジイの両腕が強く、ボクの身体を締めつけました。ジイの腕の中にいたボクは、ジイの声がまぎれもなく、その口から出ていることがわかります。先ほどは一体どうしたのでしょうか。難聴？　ジイのため息がもれていた。

パパママが帰宅したら、早速、報告されました。これまで難聴あるいは、らしさを感じた人は誰もいません。突然、症状が出た一過性のものか、議論されたのですが、とにかく、明日、病院に行って、受診しようということになりました。ボクを除いて、家族のみんなは今にも泣き出しそうに張りつめていました。

翌日です。

「これじゃ、聞こえないわねえ」

ママと一番乗りした病院耳鼻科のおばあちゃん先生はボクの耳に強い光と拡大鏡をあて、すぐそういいました。風邪を引いたときの洟汁が耳に流れ込んでいたらしく、滲出性中耳炎だとおっしゃる。今や、ボクにとって、風邪は持病みたいなもので、鼻孔から流れ出た洟汁はふき取ってもらえます。でも、鼻孔の奥に滞留したものを自分で吐き出すことはできないのです。堆積した洟汁があふれ、求めた出口を間違えたということのようです。

この中耳炎の治療には、ボクはもちろん、ジイやバアちゃんもうんざりするほど長くかかりました。業を煮やしたママが探した名医を訪ねて、病院医院も三つほど変わりました。受診順番を早めに取りたくて、冬の朝、医院の玄関前に行列するのはジイの任務です。底冷えのする五時から並んでようやく、順番は十番以降です。早い人は何時に並ぶのか、ジイは慨嘆しきりです。しかし、難聴になってしまった子どもの話など耳にしますと、ジイは俄然、責任感高じて闘争心が燃えるようですから、ボクにとっては神様仏様ジイ様です。

医師から、洟をかむよう教えなさいとご指示を受けるのですが、ボクがどうしてもできないので、叱られ役は今度もバアちゃんです。「はい、ちーん」と促されますと、声なき口まねだけはなんとかできるのですが、困ったものです。

耳鼻科の通院は結局一年三ヶ月に及び、バアちゃんの集計によると六十数回ということでした。その間、ジイはママが変更した医院を取り違えて診察を受けようとし、医師の先生から嫌味を言われたこともあったとか。その後、ボクなりの地味な成長でも、少しずつ体力もついてきたのか、中耳炎症状は目立たなくなりました。とりあえず、疑似ヘレン・ケラー化は回避できたようでした。いえ、家族はみなそう見立てたのです。

6　神仏祈願

結局、天性の異常の行きつく先はこういうことでしょうか？　ボクが思うに、ジイは敬虔な神仏信者ではないようです。いえ、観光旅行などで有名古刹や神社などに参拝はしますが、あくまでお義理だと思います。ですから、イタリアのバチカン宮殿に君臨するパウロ何世かについても、信者の絶対的信頼を受けていながら、信者間紛争に指導力を発揮できないでいる現実にすごく冷ややかです。

ところが、苦しい時の神頼みか、信ずるものは救われると急ごしらえの宗教哲学を振りかざし始めたのでした。これまでも、ある種の電磁波を発生する電気器具を高価で購入したり、薬石効あるとかいう小石を浴槽に敷きつめたりもしました。漢方治療のつもりでしょうか、北海道ハスカップや夏ハゼのジャムを大量に買い込んだり、やみくもに噂風聞を実行してみようとするのです。ボクの眼の治療は薬とか注射がありませんので、その補完のつもりか、それとも精神力にかげりが出てきたのか、不当関与？です。眼病にご利益があると聞けば、即ボクを従えて神社仏閣参拝に出かけます。県内市内は言うに及ばず、県外の遠くまで車を飛ばすのですから、厳寒の折や夏の日などきわめてハードです。でも、ボク自身はドライブとかホテルのお風呂とかが好きなので、拒否はしません。長距離の場合はバアちゃんも同伴してくれますが、こちらは移動中ボクを忘れて熟睡できるタイプなので、むしろ、満身創痍のジイを心配してしまいます。最近は心臓の手術も執り行ったので体重はバアちゃんより10kg近く少ない痩身です。でも意気軒昂です。柳に枝折れなしのお手本でしょう。むしろ、誇りに思っている節さえあります。川端康成は痩せていたとか、昔、東大の入学式で総長が「太った豚より痩せたソクラテスに……」といったとか話すことがあります。

長野の善光寺へも参拝いたしました。「びんずる尊者」とゆかしきご尊名をもつ仏像が安置されております。自分の体のすぐれない部分をなぜると、治癒するという言い伝えがあって、長い間、多くの信者になぜられて木像があちこち、極端に磨り減ってしまったそうです。そのための修復工事が終わり、また従前のように安置されたことを知ったジイはそれ行こうとなったわけです。

尊者様は眼をつむり、右手を立て、左手は太腿の上に置いて鎮座しておられるご様子。木像の全身はツルツルに磨かれ、手のこすり跡そのままに仕上げられております。ボクはジイに抱き上げられ、手を誘導され、左右の眼を念入りになぜました。遠路はるばるやってきたのですから、何度も繰り返し、大願成就をお願いしました。

ジイは自分の肺と内臓部分を、バアちゃんはどうしてか、頭の中心部をなぜました。いつも健康のはずなのですが。

翌朝は四時に起床しまして、また善光寺に駆けつけました。高貴な尼さんが朝のお勤めに向かう参道で待ちうけ、ご慈悲を賜ろうというわけです。

お供がもつ赤い傘の下をゆっくり歩まれてきた老尼僧は沿道の小さなボクに気づき、足をとめられました。バアちゃんが「福島から参りました。病気で両眼の視力をなくしております。ご慈悲をいただけますよう」とお願いしました。高貴のお方はニコニコしてムニョムニョと口を動かしてくれたそうです。

その後、本堂の奥の薄暗いお部屋に通され、長いご祈祷を受けました。バアちゃんは終始、頭と上半身を前のめりにしていましたから、不謹慎にも昨夜の睡眠不足を補っていたのかも知れません。ボクはご祈祷の中で、名を呼ばれたのをはっきり聞き取りました。ご本尊様に申し入れをしてくれたのでしょう。厳粛な雰囲気につつまれ、きっと、眼は回復できそうな気持ちが膨らんできました。東京の医師の先生も四歳までが一つの目途、十歳になって視力が出た事例もあるとおっしゃっています。

この頃になりますと、ボクのためにご利益があると伝えられる神仏を紹介してくださる方々が多くいらっしゃいます。その度にバアちゃんは献上するおにぎりやお赤飯などをつくり、三人で参拝に参ります。有名無名を問わず、近郷近在の神社仏閣は総なめに参拝いたしました。きっと、網膜が接合蘇生することを信じて。

仏壇と引き出しが楽園

それやこれやのご利益とは思いませんが、日常に変異が生じたのです。ボクは玩具か遊具に遊び興じることはありません。視力がないから無駄という周囲の独断で一つも与えられていないからです。普通ですと、誕生直後からベッドの周囲に並べ置かれたり、天井から吊り下げられたりするのでしょうが、ボクの場合、そんなことは一度もありません。ハイハイするようになって、漸くジイが買ってきてくれたのはベートーヴェン、バッハそれにモーツアルトのCDです。遊具とか玩具なんか存在も知りません。

ある日、ジイの友人の社長さんが抱え切れないほど大きなパトカーと消防自動車をプレゼントしてくれました。バッテリーで駆動するのですが、どちらも緊急自動車ですから、警報音はなりますし、ボタン操作でライトやテールランプが点灯し、アナウンスも流れます。びっくり仰天したボクは歩けないことも忘れ、嬉しくて嬉しくて、部屋をピョンピョン跳び回ったものです。もっと驚き、悔やみ嘆いたのはその光景を目の当たりにしたジイたちでした。欲しかったのだ、それらを！　言葉ができなくて要求もできなかったのかと。思うに、奇行は障害者が、無味乾燥でいつも砂漠を一人歩きしているような生活にある意味のモチベーションを求めていることの証左か、存在をアピールし、そこから逃避または脱出を求める所作かも知れません。

　さて、ボクは茶の間の寝具をそっと抜け出しハイハイします。深夜ではなく、真昼間です。読書かパソコンに向き合うジイは集中していると、些細な物音には絶対気づきません。ふん？　と思っても、意に介さない性格です。

　ボクが生まれる前のことですが、バアちゃんが歯の治療をしたそうです。入れ歯が合わなかったのか、顔の形が著しく変わったと周囲から指摘を受けたのですが、ジイはそんなことないだろうと意に介さなかったというのです。どうもジイはバアちゃんの顔に見覚えがないのではと巷間笑いの種になったといわれています。にもかかわらず、子守りが務まりましたのはボクの人間性のなすところだと思います。

　ボクは容易に仏壇に近づき、先ず、経机の上にあるものを感を頼りに引き寄せ、ズリ落とします。香炉、鉦、ロウソク、線香、点火ライターなど。細心の注意をはらって、騒音を最小限になんてことはできませんが、ジイは気づきません。それから、経机に上がり、仏壇の一番低位置の棚にあるものを順次、払いのけます。燭台でしょうか、重量のあるものが経机の端にあたり、ガシャと上敷のガラス板を割ったようです。致し方ありません。目的遂行のためですから、痛みや随伴ハプニングは避けられない。

すべてのものを下げましたら、そこへ上がります。観音開きの扉につかまるのですがスルスル回転移動し、不安定で用をなさない。二段目、三段目の飾り棚があって、その中央に曾祖父の位牌とその他ボクと同音名のご先祖さまのものがあり、その狭い棚に身体を安定させようとしたのですが、うるし塗りの棚は滑りやすくてダメです。結局、低位置の棚に両手をついて、からだを浮かすようにしてずり上がりました。もっと上へと目指すのはボクの習性と信念なのですが、それ以上は容積がなくて、発育不良の体躯でも乗り切れません。正座位の態勢を試みたのですが、幅が足りません。下手に強行すると、額打ちどころでなく、今度は後転して経机に衝突しそうでくわばらです。やむを得ず、ご先祖のみなさまに向かいあうのはあきらめ、横向きに座りました。そうしたら、どうでしょう？　前後左右共にボクの立ち居振舞いにピッタリです。それに周囲は黒檀の凝った彫刻作りで磨きぬかれ、内天井にはジイ自慢の中国製の雪洞がほんのり輝き垂れています。

ボクは何故かうっとり、心の安らぎを覚えてきました。これまでの神仏祈願の後遺か、御仏の庇護がおよんでいるに違いありません。ここで、観音開きの扉が閉じられ、ベートーヴェンならぬ雅楽など流れてきたら、いうことなしのユートピアですけれども、はい。

「ららら？　誉之介、何やってるの、お前は」

突然、ジイの素っ頓狂な声が仏壇の中にビンビン踊り込みました。えっ？

「それにこの始末」そしてまた、あら、おやと続きます。ボクはいつしか、寝てしまったらしい。頭をもたげようとしたら、脚がしびれ、上体がグラッときました。あ、そう、ボクは仏壇の中に安置されていたのです。

「香炉をひっくり返して、ガラスは割っちゃうし。このさまったら、バチがあたるぞ」

ボクが物心ついた頃からそうなのですが、ジイはボクが匍匐前進の範囲内で執り行う行為が通常許されないものであっても、それが完遂するか、飽きてやめるまで放任主義を貫きます。途中で中止させるようなことはしません。初めの頃は何かに集中していて気づかないのだと思い違いをしていました。深謀遠慮の面ときわめて単純で幼稚の裏面があるので察しがたいのですが、前向きに理解すれば、例え、突飛でもボクの自由な行為と行動が目に障害あることで制限される生活限界を廃棄し、刺激をもたらし、感の働きを助長すればと考えているらしい。

同じ時期、引き出しも一人遊びの、そして安息のパラダイスになりました。ボクがハイハイできるようになったのは、標準より大幅に遅れ、生後一年と二ヶ月を経てからです。掴まり立ちができるようになったのが、それから三ヵ月後でした。それでもまだ歩行は困難です。

とにかく、歩けないボクが引きこもりに選んだ第二のリビングは台所の引き出しです。ハイハイで目的物に近づき、システムキッチンのどこかに掴まり、立ち上がります。そして、いくつか重なる引き出しの最下位か二番目にアタックします。収納されているものは陶器の食器類ではなく、プラスチックか木製のザル、ボール、お盆が多く、取り出すのが簡単で能率が良い。時々、ママやバアちゃんが買ってきたものが包装紙に包まれたまま入っていることもありますが、ボクが取り出せないほどのものはありません。全部取り出さなくとも、ボクが〝入居〟できるスペースが確保できれば、それで結構なのです。ソッと引き出しに足を踏み入れ、脚を屈めて感触を確かめます。良好でしたら、体全体をリラックスさせ、ニンマリです。思わず、鼻歌ハミングです。手持ちぶさたを感じることはありません。妙な思想をこねくり回すこともありません。一度、ここで正座位ジャンピングを試みたことがありますが、バランスを崩して外へ転げ落ちそうで、それ以後は実行しません。ただひたすら、無心に徹し、メロデーにとらわれずにハミングを続けるのです。

ジイはボクが時にきわめて神経質にふるまうのを神経症かなと心配して、引き出しのボクを写真に撮り、医師に感想を伺ったりしたことがあります。目が不自由であることによる不安と緊張が神経過敏を増長することがあるかも知れませんが、一人でいることに自信がなかったり、それによって、不安がさらに増すことなどはありません。むしろ、囲いの中にひきこもることで保護され、あるいは守られている保育器のような安全と安心があるのです。ですから、ダンボールなどを見つけると無性に入ってみたくもなるのです。仕切られた狭隘な空間はボクにとって占有の理想郷であり、楽園です。

ある日、引き出しでの満たされたひとときから抜け出し、現世に復帰しようとしました際、バアちゃんが調理台の扉の中からお菓子などを出してお客の接待をしていたことを思い出しました。そっと開けまして、手探りしましたら、何やら重量感があって、かつ握りやすい木片のような感触のものに触れました。グッと引きますとギンギン照り輝く先端があります。さて、いかに操作したものかと思案投げ首、応接室へ壁伝いに三歩ほど入りましたら、突然ジイの叫びです。

「アチャー！　誉之介、やめろ、寄るな、動くな。そのまま、そのまま」って、半狂乱。

ボクが手にしていましたのは、ジイが鳥類の解体や鯉料理に使う出刃包丁だったのです。殺人に及ぶと勘違いしたのでしょうか。

「それで？　誉之介。今歩いたんじゃないか」

ジイは包丁を奪うと、放心したように立ちすくむボクに第二段の驚きです。ふん、そう、確かに歩いたよ。二、三歩と落ち着いて歓喜の面持ちです。

「出刃持ち歩いて何するつもりだったのだろう。もう一度歩いて、ジイちゃんに見せてよ、誉之介」

でも、ボクはその後、たたずんだままで歩くことはしませんでした。しかし、その夜ジイから報告を受けたパパは至極当然そうに笑みを浮かべ、お座敷の中央付近にボクを立たせ、単独歩行を促します。部屋の照明は煌々と輝きまして、ママとバアちゃんもかたずを呑んで見守っているようです。

「ふん」ボクは右手を斜め前方に掲げはしませんでしたが、大見得を切るさわりの舞台場面であることは雰囲気で感じ取れます。だから、さっと右足を出し、神妙に重心を移すと左足をもっと前に移動させました。バアちゃんが拍手です。続いてママも手を打ちます。それをパパが「しっ」と制止させたようです。ボクはなんとなく得意な気分になれました。右、左、また右、左……と前進歩行を続け、パパの大きく広げた腕の中に倒れ込みました。

「やったやった！　七歩歩いた、偉い！　誉之介」

パパはボクを抱き上げると二度三度と天井板に届くほど持ち上げてくれたのでした。このとき、ボクは二歳を過ぎてました。

7　一歩前進一歩後退

ボクが三歳になる少し前に妹が誕生したのですが、今度ばかりはママにして、見事（?）に正常分娩でした。妊娠中毒症の家系であることを知ったバアちゃんがママの日常生活に一々眼をひからせていましたし、妊娠直後からつわりがひどいということで、入院して、無事お産がすんだ後までの約一年、バアちゃんが離れでボクら親子の食事や家事を引き受け、健康管理の指導があったからでしょう。

いうまでもないことなのでしょうが、分娩が正常だと、その後の成長も順調、動植物これみんな同じです。妹のひまるは産後八ヶ月が過ぎましたら、ハイハイは無理ですが、アザラシのように匍匐前進ができるのです。頭髪はボクと同じように遅れていても、ボクを横目にみなさん、可愛いとおっしゃる。しっかりは見えないのですが、ちょくちょく、抱かれた家族の腕を上手にすり抜けて、ズスリ、ズスリとにじり寄ってくる妹が半透明のガラス越しのようにボクの視界に現れます。苔の花がパラパラ咲いたような頭がキラキラして、その下に黒くパッチリの眼もあるようです。ボクとはだんぜん違って、プックリした身体を包んだピンクの上半身がムクムク動きます。

この妹がいつからか、お兄ちゃんは普通ではないらしいと気づいたようなのです。ボクが泣くと、全エネルギーを使って寄ってきて、テッシュか、それがなければ手指で涙を拭ってくれるのです。咳き込んだりしますと、背か胸かをマッサージし、トントンたたいてボクの顔をジッと見入るのです。入浴の際、ジイに抱かれてバスタブにいても、ボクが遅れて入ると、抱っこされているジイの定位置をスーッと明け渡すのです。誰かに教えられたり、指示されたりというのではないようです。もちろん、言葉はまだできませんから、無言か、「あ」「う」と発声して、ニコッとしているだけです。これを目の当たりにしますと、バアちゃんなどは「こんな子にしてこんな妹なのね」声を詰まらせることがあります。ボクも平静を装っていますが、妹の優しさと思いやりを承知してはいるのです。ボクの脳裡に感謝の言葉が見えだせず、知恵が働かないだけです。優しい妹が好きです。

離れのリビングから見える冷蔵庫の下段の冷凍庫が少し開いていました。視力訓練もあって、ジイに閉めるよう命じられたボクはそれらに触ってみても、開いている引き出しがわからず、ウロウロしていました。上とか、その下とか指示が飛ぶのですがどうにもわからない。すると、ひまるがトコトコやってきて、引き出しを閉め、ボクに「ん」とうなづいたようなのです。

どうして、言葉もできないひまるは眼が正常と言うだけで、ボクに優しい感情が持てるのでしょう？視力があって、周囲を見渡すことで、思いやりの心が生まれるのですか。まったく想像もできないことです。

ボクはひまるの手をとり、そっと押しやりました。泣くのをやめよう。頭のあたりに手を上げ、よしよしをしてあげました。バアちゃんに時々してもらっていることです。このままでは、ボクは妹にどんどん先を越されてしまう……そうは考えるのですが、言葉と行動がどうしてもうまくいきません。言葉を知らないアマラとカマラは不幸せだったでしょうか。むしろ、人間に発見、保護されてこそ不幸せだったのではないかと思ったりもしてしまいます。

だって、この頃漸く覚えたボクの少ない言葉と発声を聞くと、通園する施設の子どもたちはカラスが突然話し始めたみたいに驚くそうです。それにも気づけないボクです。


ピカー、ムス、ヒライテ、テヲウーテ、フンフン。チュルチュル、イッパァイ。

オモタ、タ、タ、タ。シカ、ジカ、ダアナ。イチニノ……イチニノ……

アリァ、ハハーア。アハハ、ハァ。

ヨイチョ、オオ。

オモチャノチヤチヤチヤ、ハイ。

マナンダ、マナンダ。


ダッタはいいません。言葉じゃなく、遊びの対象だからです。ボクの言葉の扉は一進一退、されどパントマイムは見向きもされません。

離れ二階のジイのところへ行き、「いやはや」といい、階段を上がってくるのも大変という意味でジイを真似てため息です。ジイはそのリアリテーに感嘆し、腰はどうだ？　と聞き返します。

ボクが二階で定例的にやることが三つあります。一番にジイの机に上がり、出窓からフェンスを乗り越えて屋根に乗ることです。ジイはボクの行為のほとんどを放任してくれますが、フェンス超えは許してくれません。ボクは腹いせに鉛筆やボールペン、サインペンにカッターとか消しゴムなど三十数本入っている大型のペン皿をフロアにぶちまけます。飛び散り、転げるペンや鉛筆の喧騒音が楽しいのです。

さらにそれらを四方八方に蹴散らし、何とか報復した気で満足。できた空き地に色鉛筆でなぐり書きを

大胆に施すのです。たまたま買い物に行くママが迎えに上がって来て、びっくり仰天したものです。ジイは、

「いいんだよ、そのままにさせておきな。カタルシスも必要だろ。後で片づけるから」

というだけです。ママはそういうところが嫌いでキッと唇を噛むのですが、言葉にはしません。ボクもその頃には、フロアペインテングに飽いていましたので次の遊戯対象はヤ（ラ）ジオです。本棚の一隅にあるそのスイッチをひねるのです。偶然にチャイコスキーが流れでたときはジイがいきなり万来の拍手をし、ボクはドッキリしてヤジオから飛びのいたものでした。

「まさかのめぐり合わせは大事だよ。誉之介は清水博正くんよりチャイコスキーになれるかもねえ。耳が不自由な大作曲家もいたのだから、盲目のチャイコスキーなんてちょろいもんさ。がんばるんだ、誉之介」

「ジジッ！」と強く応えて、ボクはタンバリンを鳴らして、「歩こう、歩こう……」を歌っているつもりです。ママに行くよとせきたてられても、「バイバイ」を繰り返して追い返しました。今からしっかり音感を磨き続けていたら将来いつの日か、イギリスのスーザン・ボイルさんのように突然発掘される可能性だってなきにしもあらずですもの。それでいつの日か、ひまるを越えられれば。

8　奇癖はなぜ？

これまで述べてきましたが、ボクが岩瀬家の一員として迎えられ、視力を得るために試みられた多く

は常識的環境と方法においてのみではありません。が、ボクは愚図ったり、泣き叫んで抵抗したり、まして ママのところへ帰りたいなどとジイたちを困らせたことは一度もありません。毎日ジイにつき、バアちゃんに抱かれて不満はないのです。それは多分、類まれな誕生をし、半年余り、保育器とコットに隔離されていたことに原因があるように思うのです。つまり、並みの赤ちゃんのようにママとマザーリングとかインプリンテングができなかったこと、卵からかえったばかりの軽ガモは最初にインプリンテングしたものがボールだったら、その後はずっと母親と思い、愛着を持って転がるボールについていくという環境になかった。インドのアマラ、カマラだって、気持ちの中で狼を母としてしまったのでしょう。ボクはママとは求めてかなわず、命の代償としてそれができなかった。ボクには抱いて、ミルクを与え、愛おしく見つめてくれるはずのママが明確に刷り込まれなかった。気づいたときには優しい天女みたいな白衣の不特定のお姉ちゃまとパパママより前にジイやバアちゃんたちがいた。もはや刷り込みは不可能、ママに寄り添え甘える精神構造が成立しきれなかったのだと思います。生まれた病院やお家から数十キロある医大での入院はほとんど一人でしたし、東京での手術後、ミイラ巻きがとれて見たら、バアちゃんの涙声が鼻先にあったのです。

それにボクは同じ年頃の子の一般的行為を認識し、まねることもない。与えられた沼底の環境に順応して受動的に日常を過ごすしかない。当然にも音を主とした媒体によって。つまり、仮説ですがボクはママやパパへの関心よりも偏向的ながら実践できる行為行動を開発し、手繰り寄せることで自分を満たし、個的空間を発展させるようになったと思います。どれをとっても、いわば、ボクの実用新案特許、オリジナル的なものばかりです。単なるしぐさとか表情ではなく、ご満悦に陽気な状況でふと実行行為を演出してしまうのです。成長の過程における現象であれば心も休まるのですが、それにしては長期にわたり、不審なること多大です。ジイは心身あるいは行動障害か成長過程における一過性のものと関心を持ちつつも頬かむりしています。誕生後雌伏三年余、視力がなく難聴気味なのだから、仕方がないと家族の誰もが玩具遊具の何一つ与えてくれません。それらとの遊戯が胸をワクワクさせるほど楽しいものとも知らず、ボクはボクなりに考えついた、あるいは偶然知った原始的行為つまり、叩き、打ち、転がしそして倒すことに執拗なまで熱中するしかなかったのです。

ミルク瓶ポイ捨て

ボクの子守り看護はジイの任務で、口にはしないのですが、ボクの心身の発達に干渉しまいという基本スタンスだったように思います。多くはボクの生命力に委ね、それを引き出すべく何かがあるなら援助くらいはということでしょうか。決してアクティブなものではない。そうでなくても、ジイはエッセーや創作を地方紙や同人誌に発表しておりましたので、四六時中、ボクにかかずらわってはいられなかったのも事実です。

例えば、ミルクですが、抱かれても寝かしたままでもボクは誰かに与えてもらわなければなりません。ジイはこの授乳行為の時間を節約できないか思案したのです。

下手な小細工ではボクの顔はミルク浸しか、寝具に吸入ネコババされてしまいます。そこで考えたのは、天井からビニールとゴムの紐を使って、ミルクビンをつり下げる単純な方法です。これは中身が満タンだと、二〇〇ccの重みがもろに口の端にかかるし、乳首孔が大きめだと供給過多で、吸引するボクが呼吸困難の危険性もあります。さらに残量が少なくなりますと、ゴムの弾力で自ずと哺乳ビンに逃げられることもあります。空中回遊もします。

ある日の午後、ジイはパソコンのディスプレーから眼を離し、ボクの悪戦苦闘をジッと見ていました。そして、おもむろに寄って来ると、ボクの両手をミルクビンにそえたのです。両手使っても回しきれない小さな手を、です。挙句に、ボクの額を人差し指で小突いたのでした。頭を使え、小僧！　って。

そうなのです。ボクも促されるまでもなく、心おきなくミルクを頂くには、自己努力だよなと考えていた矢先だったのです。このように無用の労力提供を固辞する自発的行為の始まりは生後八ヶ月余のことでした。医師によれば、ボクの心身の成長度は前記のように並みのポテンシャルがあるにしても実はその半分程度の遅滞状況ですから、通常の子なら約四ヶ月にしてボクは生きるための給仕はすべからく自ら行わなければならなかったのです。

やがて、吊ひもなしでも自力吸引に慣れましたら、逆襲ではありませんがボクは新たな習癖を身につけたのです。飲み終えた空ビンをポイと投げ捨て、お食事完了、ごちそうさまの言動行為表現です。必ず、そうします。クッキーとかの包み紙は周囲の誰かに必ず差し出すのですが、このポイ捨ては不思議です。先天的にボクの右腕の手首はスナップがききますので、結構、高さもあって距離も伸びます。結果として、ガラスビンなら破裂音と共に粉砕されます。お家ではもちろん、部屋の飾り棚や、窓ガラスにぶつかったりすると危険ですから、パパとジイとでベッドの向きを変えたほどです。

二歳過ぎの元旦に入院しましたが、深夜の丑三つ時、これを二度やりました。思いもがけない炸裂音は病棟の隅々まで響き、同室の乳幼児は泣き出し、驚いた看護師さんたちが駆けつけ、てんやわんやです。ボクの覚醒と夜驚を終止させようとした授乳だったのですが、裏目に出たわけです。このときばかりは、さすがにジイ、困り果て、ボクの手の甲をたたきました。ものいわずですから、ボクは理由がわかりません。いわれても理解できなかったはずですが痛みも頭突きに比較してそれほどに感じないし、習癖はおいそれと中止はできないのです。それより、なぜビンをプラスチック製にしないのか疑問です。ジイに苦情をいわれたママは、プラスチックは変色が早く、目盛りが見えにくいなどと返答していましたが、結局ボクは計十数本ほどのガラス瓶は壊したと思います。

座位ジャンピング

ボクが産科病棟を退院して、家族のみんなが不安がり、心配し、そしてその他周囲のお知り合いのみなさんが興味津々で見守ったのは脳が正常か、知恵は順調に発達するかということです。

知恵がまだまだつかないのは致し方ないとして、正常分娩の赤ちゃんだったら、生後間もなくに大人の顔の情動・表情を真似て表現できるそうです。共鳴動作とか新生児模倣とか。が、ボクはあらぬ方向に眼を向けているだけ、到底無理で実行しますのは自ら習癖として身につけたものばかりです。時として自傷行為を自主演技もしますが、ママの胎内で羊水を通して聞こえる感情やストレスを聞き分け、まして、物を投げつけたり、叩いたりの行為を学習していたわけではありません。

東京の病院に入院加療をしました頃から、ジョッキー演技と人魚の舞はやめました。幼稚なパフォーマンスは淘汰していかなければなりません。事実、ボクはそれまでのものに代わる行為をエクササイズとして編み出したのです。つまりは成長の証し、です。

ボクは遅ればせながらも寝そべっているばかりでなく、匍匐前進あるいはハイハイするようになってからも、上体を起こしたら、脚を伸ばしたまま、あるいは横座りのままなんてことは一度もありません。生来きちんと膝を折り、正座します。どなたかの指導に従ったわけでなく、釈迦や孔子を学んだ武士より律儀で高尚で道徳的なのです。

ボクの第三のエクササイズは正座のまま膝立ちする、つまり膝を軸にして大腿部と上半身を立ち上げる屈曲運動です。原野のツルが今まさに跳び立とうとして背筋を伸ばし、両翼を羽ばたきつつ脚の屈伸をくり返してダッシュの力をためる、あの姿勢です。膝立ちになり、ドンとお尻をついて正座に戻ることをリズミカルにくり返すのです。両腕を上体のバランスをとるように泳がせます。いうまでもなく、ヨッハッ、ヨッハッ！　ウハハ、ウヒヒと歓声をまじえます。演技としての場所は問いません。ベッドで目覚めれば、先ずそこで、七、八回試みます。ある新興宗教の教主はできたそうですが跳び立てないのが残念です。床がフローリングの板張りでも、応接室のソファでも所嫌わず実行します。板張りの床だと、脚や足の甲が痛みますが、耐えられないものではありません。ソファの上でのジャンピングは要注意です。スプリング効果で身体が丸ごと前進横転し、ものの見事に額をテーブルに「ガツン」とぶつけたことがあります。痛打の衝撃は漆黒の眼から特大の花火が打ち上げられたみたいで、突然強襲される驚きと恐怖がボクを席巻したものです。ジイが激しく泣いて猫のように丸くすくんでしまった小動物をとっさに抱き上げてくれました。

「あ、ああ、ちょっと目を離すとこれだ。最後の砦なんだぜ、頭は」

ボクはそれでも、視力があれば、防止できたはずのアクシデントだとは考えつきません。ただ、物体の端には危険がひそみ、それを身体の感触でいち早くキャッチすることで回避できるかも知れないことを学習しました。そのための研ぎ澄まされた能力涵養に役立てなければ人の道から反れます。

後でも述べるのですが、ボクは以後、何度も頭や体を諸物体に衝突することになります。もし、ボクの脳に発達の遅滞あるいは脳挫傷などをもたらすことがあるとすれば、これら大小の衝撃が原因であるはずです。

でも、この座位膝立ちジャンピングはいくつかのエクササイズの中で最も長く続行することになります。泣いて、笑っての単純な常同行動ですが近々、ジイとバアちゃんらの心労をひどくわずらわすことになります。

高所崇拝症？

「動くな、動いちゃいけ、ない。そう、おり、こう、だね、誉之介は」と、資材を揃えて戻ったジイは顔色を失っていたに違いありません。声にならない声で叫んでいました。ボクは、倉庫の雨樋を修理するため立てかけてあった梯子で屋根まで到達し、はるかかなたの那須の山々を眺望していたのです。得意のハミングのあいまにもボクの進むべく方向を天高くご在位の神々に問いながら。

屋根にはもちろん、防護柵などありませんから、軒先から足を踏み外し落下する危険性があるのですが、不思議とボクは軒先から離れた部分にたたずんでいたわけです。いつも危機一髪の危うきには近づかないのです。運の強さか、たまさかの偶然か。「本当に見えないのだよね、お前」ジイは憂うばかりでもないのかなと時々考え込むようです。

離れの二階にジイの書斎が設けられていますが、ある日、椅子から机、そして戸を開けると出窓に上がり、壁とガラスに体重を預けるようにしながら、フェンスに乗りました。庇を手探りし、もっと昇れないか探索してみました。一歩踏み外したら、瓦屋根に落下し、そして転げて犬走りのコンクリート地面に真っ逆さまというところでしょう。ボクは幸か不幸か視力なしで高所恐怖を知らないのですが、この時ジイの顔色は白だったか青だったのか知る由もありません。

圧巻というか、ジイにとって身の毛もよだつほどの高所昇りは車庫のコンクリート屋根に昇ったことです。スラブ屋根上に洗濯物の乾燥室がつくられているため、鉄骨の階段があり、ボクはこの急な階段を昇ったのでした。幼児の昇降は想定しておりませんから、段差も三、四十㎝あるでしょう。息せき切って、屋根にたどりついたのですが、乾燥室に入ろうとはしません。平面の屋根をそぞろ歩きで例のハミングです。もっと階段とか高層物があれば、挑戦する気になるし、階段が続けば東京タワーやスカイツリーだって臆せず昇るでしょう。茫洋としたボクの視界と感触先にはそれらしきものはなかったということです。ハミングは現在の自分にしごく満足している場合、自ずとでるのです。急な勾配、高い段差そして鉄骨の階段、新たなチャレンジ対象として十分に満たされているものを征服した充実感の表明です。と、突然ジイの叫びです。

「誉之介、動く、な。そちらはダァメねぇ。ダメよ、よ。さあさ、こっち、おいでー」

声は上ずり、掠れていて、何をいっているのか判然としません。ボクが言葉の意味を理解できないので、余計混乱しているようです。

ソッと近づき、ボクを抱きかかえると荒い呼吸のまま、へたり込んでしまいました。

ボクはハイハイの頃から高いところへ昇るのが大好きでした。ジイが口にするまでもなく、危険極まりないのは当然です。ソファやテーブルから床に落下したのは数に覚えがないくらいです。それもほとんどが頭から突っ込むように落ちるのですから、いくら小頭児でも衝撃音はすさまじいものです。「ダン！」と部屋を揺るがすほどで、二階のそれは階下に届き、階下のはブフォ！　と天井板を押し上げるように響きわたります。「ヤッタな。大丈夫かぁ、子守りは何してた！」と居合わせた家族は駆けつけます。粘土か可塑性のブロンズ材質なら、ボクの頭は大仏のそれらしく、ボコボコの彫塑品になっていたことでしょう。

ふつう、一般的な情動は生後六週目あたりから示すようになるそうです。ハイハイできるようになれば、パパなどへの肩車は別として、高いところへの恐怖を示すようになるそうです。例えば、断崖側を避けて、壁伝いに歩こうとするのもその一つでしょう。

しかるに、ボクは高低差を視覚によって測ることができないし、また、最上階とか頂上が何処か、そこに何があるかを見ることで確かめることができない。ただひたすら、内的欲求に促されて上へ上へとよじ昇るのです。高所への恐怖は微塵もなく、昇りきることで自分の新たな変化を期待しているのかも知れません。周囲にないからですが、ボクは下りの階段を降りたことはありません。例えば、ビルの避難用階段の踊り場でどちらかを求められたら、何ためらうことなく上りを選択するでしょう。

ジイが時にいうのですが、古今東西、人間には高所崇拝の信仰心があるらしく、高い山に神がすむとか、天にましますの神々に一歩でも近づき、自己存在を主張しご利益を享け賜りたくて登山を試みるらしい。人間は実は細心むこで寂しがりやなのかも知れない。イギリス人のジョージ・マロリーのようにそこに山があるから登るなどと邪念無きがごとくを口にする方もいるようですが、信じないものは救われません。遭難します。思うに、老若男女を問わず、上を目指すは心的欲求ではないでしょうか。よって、世の発展もあるように思います。かな？

ところが、パパはある日、ストッパーを二ケ買ってきまして、その夜には母屋と離れ二階への階段入り口に取り付けてしまったのです。それも念入りにロックつきです。

それなら、結構です。ボクはあきらめも良いほうで、ダメと判断したら執着しません。他の手段と方法があるからです。スリルと征服感を秘めて味わえるものは周囲にたくさんあります。

倉庫の二階への階段も偶然見つけたものです。入り口の引き戸を例によって開閉しておりましたら、斜め向こうにもボッと明かりが差し込んでいることに気づいたのです。二階窓からの日光が太陽の位置加減で階下へ届いていたのです。はて？　不審に思いつつ、近づき手探りしましたら、階段でした。これはもう、放っておく手はありません。いかにも倉庫らしく、汚れて分厚い木製の階段ですし、昇った二階も雑然として、奥までは光が届いていません。ボクとしてはいつものように満足して、ハミングです。しかし、少し寂しい雰囲気なので声も小さかったかも知れません。

その頃、ジイは遅ればせながら、ボクの姿が見えないことに気づいたようです。焦ったでしょう。転倒して頭部打撲で虫の息？　だったら総責任はジイにあります。障害児へさらに怪我や病気など二重三重の障害は許されないというのはもはや家訓です。ところで誘拐は考えられないし、倉庫に入った形跡はありません。現に入り口戸は閉まったままです。

（そう、ボクが閉めたのです。開けた戸は必ず閉めるのがボクの常識的習癖です）

さては？　ボクが時々、靴のまま母屋の二階寝室まで行っていたことを思い出したようです。駆け上がりました、二階へ。パパたちの寝室ドアをソッと開け、ボクの名を呼びました。返事がない。ハミングもないのですが、「ヨノスケ」いつしか、寝てしまったのなら、起こすことのないように呼びました。でも、ボクはいません。

焦りは高まるばかりです。門扉は閉まっているのですから、道路に出て車に轢かれた様子もない。いや、もう一度、離れの二階も確かめようとしました。と、その時、倉庫の中からボクの泣く声が弱々しく聞こえたそうです。戸をあけましたら、やはり、そう、ボクでした。

倉庫二階のシンとした寂しさに耐えきれず、下に降りようとしたのですが、足が下の踏み板に届かなかったのです。勾配を緩くしてありますが、その割に板幅が狭く落差もあって、後ろ向きのボクは着地点を探せなかったわけです。

「本当にお前ってやつは……ジッとしているってことがないからこうなるんだよ！　そのうち死ぬぞ」はい、ボクはジッとしてはいません。わずかな光の中に異彩を放つ高層物があると興味が尽きないのです。

「やはり病気かな……」この頃、ジイは慨嘆するようにぼそっということがあります。前に述べました注意欠陥多動性障害といういかめしい名称の症状のことです。家族は希望的観測から否定しつつも、現実の重さに耐えかねているのが本音です。これまで腹をくくっていたとはいえ、ボクの日常が正か否か、家族の不安は募るばかりです。

カーキー大好き

昨今、ボクのこだわりは車のキーです。元来、他の玩具に興味がなかったわけではなく与えられません。見えないのだから、買い与えても無駄と。

三ヶ月ほどご無沙汰していたオバさんがお出でになりました。バアちゃんの職場の同僚です。こっそりボクの後に回って、「オバちゃん、だぁれだ？　当ててみて」と、いわれました。記憶に残っているとすれば、声音と体臭です。ボクにとって、三ヶ月は記憶の限界を超えています。でも、期待に応えなければならないプライドもあります。ジイとバアちゃんはこっそりだんまりです。途切れかかった記憶の糸をどうにかして手繰り寄せなければ！　そして、幸いにも脳裡に閃いたのです。「キシモト、オバ、ちゃん！」とやりました、発音もしっかりと。キシモトのオバちゃんはもう大感激でした。ボクを抱き上げ、「オバちゃん、忙しかったし、疲れていたからやめようかなと思ったけど、やっぱり来て良かった」って、声をつまらせていました。そして、バックからカーキーを取り出すと、「貸してあげる、かあぎよ」と、ボクの手に握らせてくれたのでした。お家の鍵とセットのものでさっそく、ボクは弄び、確かめてからお尻のポケットに突っ込みます。するとどうでしょう、左右のポケットにも数個ずつキーが入っていたものですから、ついに重量オーバー、ズボンがズスッとずり落ちました。あれ？　と気づき、お腹を押さえたのですが、発育不全のお尻にストッパー機能はなく、おむつもいっしょに落下してしまいました。キシモトのオバちゃんとバアちゃんはもう大笑いです。いつも、ポケットは各種かあぎで一杯なのです。ボクが興味を持つ唯一の玩具は各種かあぎでこだわりのコレクションでもあります。こだわりは自閉症の大きな特徴とかいわれますが、ジイは黙認です。ボクの成長とマナーを信じ、新しい世界へのドアが開けられるのを期待しているからかな。ボク自身もそれは未来を開く手段かもと本能的意識を秘めています。

実はボクは三歳頃には、母屋から離れに行き、また戻ったり往来できるようになりました。早朝四時か五時、母屋の寝室で起床しますとすぐ、階下玄関か、茶の間、お座敷側の廊下のどこかのロックを解いて、離れに行きます。ジイらは朝早くに起きていますので、お目当ては下駄箱上のカゴに入っているジイの車のかあぎです。他の車や倉庫、それに農工機具のキーなど各種のそれがあるのですが、形状やストラップなどの特徴から、すべてのかあぎを間違いなく選べます。

かあぎを手にしたら、ジイの車に乗り込みます。家族の誰かと乗車した場合はきちんと法規に従って、シートベルトの着用を促すのですが、自分だけのときはそれをしません。エンジンの始動だけだからです。

さて、かあぎを右手親指と人差し指とではさむように持つのですが、人差し指はキーの先端よりちょっと先に伸ばします。キー穴を探しあてるためです。他の車もその形状が表裏同じだったら、問題ないのですが、そうでない場合は指の先で微妙な違いを読みとらなくてはなりません。それが不可能なら、キーをさしかえます。この作業がボクにとってはかなり困難で、時間を要しますが、次の行程に移行するステップですから、楽しみの一つでもあります。血わき肉おどると申しますか、エキサイテングのひとときです。

そして、差し込んだかあぎをひねります。抵抗がありますが、負けずにひねります。アクセルは足が届かないので踏み込むことはしません。ほとんどの車はその必要もなく〝ブルルーン〟軽やかに、スムーズにエンジンは始動します。

それからの三十分、ボクは全くわが世の春、幸せ一杯夢一杯です。ライトを点灯させ、遠近切り替えをし、ウィンカーは左右交互に点滅、室内灯も点灯です。クラクションも喧しく叩きます。あとはカーラジオから流れるメロデーにあわせ、ハンドルを右、左と繰るだけです。何かの都合でロックになってしまったら、クラクションを執拗に鳴らしたりして、誰か来てくれるのを待つのです。退屈だったら、ワイパーにウオッシャーをはじかせ、シャアシャア、ズーコズーコ、それにウィンカーがリズムもよく、チッカンチッカンです。バックグラウンドミュージックがNHKラジオのベートーベンだったら、ボクの眼の不自由は過不足なく補足されるでしょう。ボクの一人遊びは車とともに成立するのです。危険だとおっしゃる方がおられますが、大丈夫。シフトレバーはクラッチを切らないと操作できませんし、ボクの現在の力では困難ですから。困るのは取り替えたばかりのママの車でキーレスです。ブレーキペダルに脚が届かず、エンジン始動ができません。

このような経過と現在があって、ボクはカーキーに異常なくらい執着しています。一番のお気に入りはバアちゃんの車のかあぎです。ホルダーにいろいろ小物グッズとアクセサリーがくくりつけてあり、チンジャラジャラ、鈴も大小あります。勤務か所用で外出する以外はボクがそのかあぎを持ち歩いています。寝るときもお風呂も持ったままです。

模擬運転操作をするのはジイのクラウンが断然多いのですが、ジイとはいつも一心同体なので、かあぎを握り締めていたいとは思いません。ポケットの中です。

家族以外のカーキーといったら、なんといっても、千葉のオジさんのものが大好きです。オジさんは見栄っ張りとかで高級車志向が強く、現在はドイツ製のそれに乗っています。ボクが千葉に行ったときか、オジさんがボクの家に来たときとか、いつもたっぷりドライブさせてもらうのですが、運転中も抱っこしてもらい、かあぎのストラップを握りしめています。車から降りれば、もうボクのもの同然です。従兄弟のリンくんより優先権があります。

お家に来るお客様にも、ジイに頼んで借りてもらいます。ボクは誕生以来ずっと、発育不良で会話もひどく不得手ですが、お出でになるお客様の名前と車の車種はしっかり記憶しています。お客様は自分の車ですから少々発音が不明確でも、言い当てられると喜んでキーを貸してくれるのです。

お客さまが離れで話に花が咲いていたりしますと、ボクはこっそり外にでて、お客様の車のドアロックをとき、運転席に乗り込みます。エンジン始動はしません。ハンドルに触れたり、カーラジオのスイッチを入れたりして、家族以外の車の運転手気分を味わうだけです。それが楽しくて自然にハミングがこぼれ、座位ジャンピングでシートの心地良いクッションの反応も確かめます。お客さまがお帰りになるのは雰囲気でつかめますから、自分から素直にかあぎをお返しします。拒否したり、愚図ったりはしません。次回また貸していただくためのマナーです。

ボクは市内の特別施設に通園することになりましてもすぐ、五人の先生の車の区別ができるようになりました。園長先生の車はクリーム色のラフェスタ、ほかにニッサンキューブとノート、マーチとデミオもあります。でも、施設ではかあぎを貸してとか、触らしてとは申しません。遊具や教材備品だけが遊びの対象だからです。

ボクが会う人でカーキーを持たない方もいらっしゃいます。でも、ボクとしては何かを仲立ちにして、その人を記憶にとどめておきたいのです。盲学校の点字図書館見学にお邪魔したときがそうでした。ボクとジイらに案内と説明をしてくれたおにいちゃんは生後三ヶ月にして視力を失い、現在は働いているのですが、運転免許取得はできないので、車とキーは所持していません。でも、何かお知り合い同士の証拠物件が欲しい。両親から独立して生活し、電車とバスを乗り継いで図書館までやってくる勇気と意欲みたいなものも共に分けていただけたらと思うからです。

「アパートの部屋の鍵ならあるけど、どうかな、誉之介くん」

Kおにいちゃんはすごく明るい、笑みが一杯含まれた声でいいました。「どう？　おにいちゃん、ご親切にお部屋の鍵だったら、貸してくださるって」バアちゃんはもういい加減にというような言葉の調子です。むろん、ボクに異存はありません。お借りして約三〇分、感触と同時にKおにいちゃんのガンバリ精神と優しさに触れさせていただきました。

このように一つのものに執着するのは異常なのでしょうか。ジイはこの頃、ボクの何気ない行為とか言葉の遅れなどに注目しています。分厚い本を広げたり、知り合いの臨床心理士の先生の話を聞いたりしているようです。それでいて、やめるようにとか、言語訓練をむきになって勧めるようなこともないのです。が、バアちゃんにジヘイショウとか、コウハンセイハッタツ……などと話をしていることがあります。いつもボクのこだわりから話が発展してしまうのです。

でも、大人にもそのような凝り性の人が沢山いるのをボクは聞いて知っています。ジイのお知り合いにだって、一生、洞窟のコウモリの研究をされている学者がいます。ピアニストは毎日、ピアノばかりを叩いていますし、画家は絵の具を画布に塗りたくるのに集中しています。千葉のオジちゃんはハワイに行ってもグアムに行っても、オバちゃんとゴルフばかりで、観光なんかしないそうです。けれど、誰も行動障害なんていわないでしょう。なぜ、ボクだけが周囲に不安や不快感それにご心痛を与えてしまうのでしょうか。ボクはボクなりに楽しいのに。

カーキーを玩具代わりに持ち歩いていますと、時々、紛失することがあります。なくしたボクがすぐ眼で追って探せないので困ります。手探りで探そうとすると動いた分だけ困難が増します。

ママの車のかあぎと軽トラックのものを二度、それにトラクターと金庫のものまで紛失してしまいました。その度に、バアちゃんから注意されるのですが、パパの「子守り担当の注意が行き届いていないからだろう」ということで、全て不問でした。ごめんなさい。

9　あ、名優一人芝居？

未だ歩けないし話せない、それに不眠症がひどい二歳頃から少しずつ、相応の自己主張とか要求をできるようになりました。しかし、表現すべき言葉が伴わないのですから、他に補う方策を講じなければなりません。

ボクがジイの腕の中で、「ふん」と小声を発しつつ、指を開き、右腕または左腕を斜め上方に伸ばします。すると、ジイは、

「あ、そうかそうか、車に乗りたいか。軽トラかバアちゃんの車か、それとも……あ、ジイちゃんのってことか」

となります。クラウンに乗り、わが指示によってエンジンをスタートさせ、カーラジオをつけてくれます。ボクがそこで、もう一度、「ふん」と例の仕草。

「何々、車じゃない？　抱っこして、散歩したかったわけか。ふんふん」

こんなことはまれです。ほとんどはボクのたった一つのサインをジイは一日の時刻と状況と気分とで正確に解釈し、受けとめてくれます。阿吽の呼吸というところでしょう。

ところがさすがのジイも受け入れがたいものもあります。例えば、車の走行観察です。近くを走る車の音、爆音のようなダンプだったり、ヒステリックなスポーツカー、あるいは気品あって悠長な走りのドイツ車、あたりをはばかるようにひそかにやってくるエコカーなど、ボクはその走行音が好きで、何度聞いても飽くことなく感激です。しかし、ジイにしてみれば、やりきれないようです。部屋に戻って、コーヒーを一杯やりたいでしょうし、やりかけの仕事があるかも知れない。頃あいを見て、車の通行見物を終止しようとすると、ボクは例のサインにパントマイムを加えて、激しく抵抗することになります。それで要求が通らず、強引にその場を移動されようものなら、泣き喚いて頭でジイの胸に打ち、顎へも頭突きを食らわせます。ジイの「また後で」が理解できず、「もうちょっと」の言葉をボクは吐き出せない。

ベッドでのお昼寝は十分か十五分くらいで覚醒してしまうのですが、前にも述べたようにジイに抱かれたままだと、二、三時間は寝ます。ですから、ジイはボクを抱いたままパソコンを叩くのが日常茶飯事です。やがて、ジイが抱きかかえている腕に疲れが出て、左右を抱き変えようとした際か、ボク自身が十分に寝た結果、目覚めたとき、即座に周囲の状況を脳裡で見極めます。お腹がすいてミルクを要求するサインなどはほとんどありません。品格豊かなるがゆえのゆかしい所作ではなく、食欲が芽生えないだけです。

　それでは、目覚めたボクはいかなる行動にでるか？　パントマイムではなく、ジイの動いている腕をなぞって、抵抗される暇も与えず手先まで行き着いたら、半ば成功です。さりげなく、俊敏にことを行うのがコツといいば、コツです。つまり、ボクはジイの行為に関心を持ち、参画したいのです。乳児の視覚的共同注意みたいなものでしょうか。そして、あとは気の向くままに、キーボードを叩きます。ジイは頓狂な悲鳴をあげるのですが、知ったことではありません。ジイが没頭している世界に浸ることができた喜びでもう十二分に平和で満ち足りるのです。インターフォン、部屋の照明のオンオフ、ドア開閉などボク独特の遊戯行為は全てこのようにして体得したのです。事細かな指導は受けつけません。

　こうして、やがて車のキーを差し込み、家族の車も始動と停止ができますし、シートベルトやサイドブレーキの使用をも確認の上、必要な注意喚起をします。相応する言葉などできないし、不要、パントマイムでの表現だけです。運転席のシートベルトをスルスル引き抜き、それを運転席へ押しやるのです。

「えっ、シートベルトしなさいってこと！」

　バアちゃんが小さな目をどんぐりほどに見開いて驚きました。誉之介はもしかして、見えるのじゃないかしらって、また。

　でも、ボクがどんな常識的行為をしても、それより数倍異常が目立つのですから、ジイはますます、眼のほかの重複障害を疑うようになっていくのでした。

　普通の乳幼児が人間社会の一員として言葉を話し始め、個人差があるにしても一歳前後で日に二〇〇語も口にできる子もいるそうです。もちろん、こうなるには誕生直後から音声に対し、敏感な弁別能力を持ち合わせていて、感情を表現するための表情、声あるいは身ぶりのパターンを生得的に備えているとか、チョムスキーが指摘するように言語獲得装置を装備しているらしいともいわれます。

どんな子でも生得的環境的要因に差はありつつも文法的にも正しい言葉を駆使できるようになります。小学高学年か中学生になれば、英語を、大学生になれば、第二外国語を勉強するそうですが、言葉や文章を学ぶのと並行して、文法も学ぶのが普通です。しかし、子どもが言葉を覚えるのに文法も並行してなんて考える親は一人もいない。にもかかわらず、メチャクチャに言葉使いを覚えてしまう子どもはいません。まさに、言語獲得装置が喧伝される所以です。

それではボクはどうなのでしょうか。言語獲得の社会的基盤の一つである環境要因、つまり家庭環境はというと、万全とはいえないまでも一応整っていると肯定してもいいでしょう。にもかかわらず、ボクは話ができない。療育センターの先生は実年齢の半分と理解して育児にあたれと診断されました。それじゃ、二歳で会話ができたでしょうか。口惜しいのですがノーです。喃語もできません。夜驚のごとく叫びと、突然、笑い、泣くだけです。釈迦のようにファーストボイスに威厳をもたせるため、発声をひかえていたわけではありません。視力を持たないボクが、それを補完する言葉の力を過信し、恐怖を抱き、畏怖して二の足を踏んでいたわけでもない。

家族はみんな心待ちで不安です。いささか焦りが出たのでしょうか、最近、バアちゃんまでどうにかして、言語を獲得させたいとボクと一緒のときは一貫して話しかけてきます。一人芝居の俳優か、落語家を演じているかと思うほどです。とにかく、目下の課題は言葉を身につけ、それで思考し、大脳を訓練し、精神的発達の遅れを挽回することです。何か事新しいカンフル剤などはないものでしょうか。

　ボクは二歳余の正月、入院したことを述べましたが、プレールームで遊んでいた子どもたちが絵本を読んでいたのを見たジイがびっくりしていました。教育委員を長く務めていたものですから、疑いつつも、幼稚園で習っているのと聞いたら、かたわらのママが、自慢げにいつの間にか自然と覚えてしまったのですと答えていました。その子は将来、言語学の分野で活躍できるのではないでしょうか。ボクなんか手探りで遊んでいた新幹線の車両が外れてしまっても、自分で連結し直すことさえできないでいたのですから雲泥の差です。

　ジイが危惧するように何かの障害が重複していての成り行きなのか。もはや、パントマイムの名優なんて評価は目も当てられなくなってしまいました。ボク自身でできる何かがないのでしょうか。ヘレン・ケラーがいて、ベートーベンがいて、二時間余のピアノ演奏を楽譜なしでやってのける辻井伸行さんがいらっしゃるのですから、せめて言葉と片一方だけでも視力を与えられたら……ほとばしって余りある生命力で何かをできそう！　です。

　そう、きっとできる……

　そう、しっかりした決意とか自覚があったからではないのですが、ボクに最近単独行為というか、ジイとかバアちゃんの庇護や想像の範囲を超えたしぐさが目立つようになりました。極端に表現しますと、右への関心を促されて左を向き、上を期待されながらも顔は下を向くように奔放自由、意思なき反抗か気ままなふるまいが目立つのです。顕著な行為が散見されるようになりました。ある午後です。

「誉之介、プリン食べようか。大好きだものね、今日は特別〝L《える》〟よ」とバアちゃん。ボクがもりもり食べるさまを見て満足する顔はもうニコニコのはずです。視力なく目がないも等しくて食欲もないボクはマンゴープリンには目がないのです。

「誉之介、さあ」

しかし、ボクは意にも介せず木刀代わりの紙筒で床を叩き続けるのをやめません。どうした、誉之介、大好きなんだろう？　とジイがボクの前に差し出してくれました。優しく甘い香りです。ボクは紙筒を放り投げた。

ふーん……ジイはさすがに深いため息を吐きました。治癒に繋がらない通院に業を煮やしたママが耳鼻科医師を替えたいといっていたようだったが真剣に治療を受けていたのだろうか、と。ボクの浸潤性中耳炎による難聴は進行していたらしいのです。

「ヘレン・ケラーに追いつき、追い越してしまう……」地団駄踏んでジイたちは無念の経過を夜毎ためて悔しがったのでしたが、ボクは間もなく両耳に補聴器をつけるようになったのです。そしてあにはからんや、ボクの独創的表現と主張は実現したのです。ジイの白いゴルフ帽子を目深に被り、首にホイッスルのひもをまき、左手の懐中電灯をアカ、アオと点滅させながら、もう一方の手に持つ紙筒で床をついてリズムをとりながら跳び歩き、歌ったのでした。

あるこう、あるこう
わたしはげんき
あるくのはだいすき、どんどんいこう

さかみち、とんねる　くさっぱら
いっぽんばしに……

正確にリズム良く、よどみもなく明瞭なことばでした。真面目な顔に少し笑みがあって、身体の動きさえもボクでないみたい。ジイとバアちゃんはきっと口をあんぐり、眼はどんぐりのようにみひらかれていることでしょう。
やってくれた……できるのだと思いつつ、その光景をボォーと脳裏にしまい込んだに違いない。二段目ロケットにようやく点火できたのだろうか。そんな、そんなはずはあるまい。二番煎じはもうたくさん……だ。そう、ジイとバアちゃんはあっけにとられながらも声は出ないようです。

第四章 そして、新たな……

感と勇気でお家とか施設内でしたら何とか手探りで歩めるようになるのに不測の誕生から四年余たちました。まだ語彙不足、舌足らずで、言葉より先に行動で反応してしまいます。ジイと車に同乗してしまして、郵便物を投函するだけだから車内で待つよういわれても、返事より先にシートベルトを解いてドアを開けたり、自己判断と主張も少し身につけました。ジイたちにとっては少し安堵したかも知れない。でも、それに呼応したかのように第二幕は予期しないシーンへ手品みたいに急展開していったのです。とても良い夢をみていたのに叩き起こされた感じで気分が悪くわき道で休息したいのですが、それがままならない。ボクは四歳を過ぎ、普通だと幼稚園です。

1　ママの変化

一月十五日、今冬一番の寒さの中、四時十五分、パパの運転で家を出ました。東京の病院で新年初の受診です。何となく、特別の日になりそうな予感がします。

案の定、診察で担当の先生は、

「どう？　少し見えるようになっていませんか。網膜は順調にくっつきつつありますよ」と診察の結果を述べたのでした。ボクは言葉の意味をよく理解できたわけではありませんが、およその見当はつきました。が、取り立てて左眼に変化があったようには思えません。網膜剥離の手術を試みて間もなく三年になりますから、今さらながらに、へぇ？　って感じです。四歳頃までに視力が出てくることもあると聞かされてはいたのですが、正直、半信半疑、わが耳と眼を疑ったものです。

でも、パパとママはもう耳を疑うところではありません。まさに青天の霹靂、ボクの顔の中の両眼をジックリ見て、鬼が自ら首をささげてくれたみたいにご満悦です。診察室にスタッフのみなさんがいなかったら、多分パパは大ジャンプして大喜びしたことでしょう。やはり、報われた。神も仏も見棄てはしなかった。オレたちの人生、誉之介の人生、捨てたものじゃない、きっと開かれている！

普通、診察日の行動パターンは診察終了後、かつて大学時代の思い出の地などをママに案内し、夕食を食べて、夜九時か十時に帰宅するのですが、その日ばかりは予定を早めて、厳寒の夕方五時半にはお家に帰りました。ジイとバアちゃんに吉報を早く届けたかったからです。良いお知らせがあるということで、バアちゃんも母屋と離れ合同の夕食を準備して待っていました。真相は予想できたのです。

いうまでもなく、報告を聞いたジイらはもう視力が間もなく回復するだろうほどに承ったのでした。神のお告げ！　長く、百年も待ち望んだものがついに！　苦労は報われたと。

親子四人で乾杯です。これまでの辛苦と世間の蔑みから解放されそうです。通院の代わりを務め、温泉治療に通い、漢方薬を求め、神仏に願掛けもしたのです。ビールの栓はさらに抜かれ、これからも慎重に治療に手を施そうとそれぞれがわれとわが胸に誓いました。

小宴もたけなわに至り、精神的にも気楽になったのでしょうか、バアちゃんがボクを抱き寄せながら教訓をたれるように申しました。

「最近、誉之介、メガネかけないわね。今日も忘れて行ったでしょう。担当医の指導は守らないといけないわ。まして、診察を受ける日だもの。結果が良かったからいいけど」

「そうさなあ、使わない眼はどんどん退化していくというから。でも、良かったよ、誉之介は片目だけも希望持てるなら」

ジイもそう応えました。事実、担当医の設計によるメガネなのですが、バンドで頭が締めつけられるのが嫌で、ボクはこの一、二ヶ月、ほとんどかけた記憶がありません。

「誉之介の眼の状態が好転しているのだったら、なおのこと、これからもみんな本気で治療援護していくようにしようね」

バアちゃんはここで一旦話をやめたのでした。ジイとパパは「ふんふん」とうなずいていました。おそらく、ママもそうだったと思います。ところが、バアちゃんは話にけりをつけたのではなく、グイとさもおいしそうにコップを傾け、話を続けたのです。積年の主張があったのでしょうし、医師の診断に日頃の緊張が解けたのかもしれません。

「誉之介がこんな生まれをして、ジイちゃんにいわれたことがあったけれど」

ジイはいぶかしげな顔をバアちゃんに向けたようでした。

「看護師が二人揃っていて、こんな始末はないだろうって。異常にどうして気づかなかったかって」

ママの妊娠中毒症によるボクの出生のことのようです。それは家内では禁句だと聞いていたのですが、ジイとバアちゃんの間ではやはり話題になっていたのでしょう。

「過ぎたことをいっても始まらないけれど、これからもみんなで注意しあって、どんな変化も見逃さないで良い状態を持続できるよう環境づくりを心がけなけ……」

バアちゃんの話がまだ終っていませんでした。ママが突然、トランポリンのマットから跳びあがったようにギュンと立ち上がりました。キキーと椅子の脚が床に摩擦して響きました。一体何？　どうしたの？　とパパはじめ三人がキョトンとしてママの動作に眼を繋ぎました。ママは食事をやめ、キッとした表情でダイニングを出て行きました。力まかせに閉めたドアの衝撃音を引きずって。

「まずいよ、水を差すようなことといって。一生懸命やっているんだからさあ」

パパは二階に上がったママの動静に聞き耳を立てながら、つぶやくようにいいました。

「怒らせちゃったみたいね、そんなつもりはなかったけど、これから大事な時期だと考えたものだから。パパからとりなしておいて」

バアちゃんが落ち込んでそういったのです。が、ママの怒りは翌朝になっても収まらなかったのです。ボクがいつものように早朝に目覚め、離れで朝食のお相伴にあずかっていましたら、髪の毛を逆立てたままのママがやってきて、無言でボクをヒョイと抱き上げ、母屋に連れ戻されたのです。バアちゃんもママもみんな、疲れていたのでしょうか、ボクの育児と治療に。ボクは生まれてこなけりゃ良かったのかなと最近考えることがあります。

ママが妹を生んで間もなく一年になります。つまり、育休の期間が過ぎて、三月半ばから職場復帰します。それで、妹の誕生祝とママの激励会を兼ねて、仙台から松島方面へ一泊旅行をしました。その頃から、ママがボクへより濃密なかかわりを持とうとする態度が露骨になりました。主権と所有権を主張し始めたみたいで、ジイらを考えると大人気ないし、ボクは非常に居心地が悪いのですが。多分、健康な妹を生んだことで失地回復、素直に自分を取り戻したということでしょうか。

「離れはジイちゃんとバアちゃんのお家。誉之介はひまるちゃんとママとで遊ぼうね」とことあるごとにいうのです。でも、これまでボクの育児と子守りの大部分はジイ、それに補佐役がバアちゃんだったのですから、そうそう習慣を変えなければならない理由がボクにはわかりません。すると、ママは母屋の出入り可能なドアと戸は全部ロックしてしまいました。しかし、そんなことに困るボクではありません。手探りでロック開錠ができます。すると、ママは業を煮やして、二重ロックにしました。ボクはどうしても開かないドアにもたれて何度か泣いたことがあります。これまでの経験から、どうしても離れが居心地良く感じるのです。一、二度、見るに見かねて、バアちゃんが救出に来てくれたのですが、それはママの主権を侵すことになりますから、度々はできません。

ボクはどちらかというと、あきらめも良い性質なのですが、離れに行きたい一心で秘密の出入り口を見つけたのでした。バアちゃんもここからこっそり救出に来てくれていたのです。中庭側のはずれのサッシ戸で、緊急時に備えて、いつもロックをしないことになっています。

この秘密の通路を見つけるのに二日かかりました。探し始めて翌日の夕方です。ジイちゃんはゴルフのスイングをしていまして、ボクの一部始終を黙って見ていたようです。ボクはようやく外に出ましたら、何かうごめくものがいて、すぐ、気づきました。

「いた。ジイちゃんいた！」と明快に口走りました。初めての動詞を使っての二語文です。「お、お、できたか、誉之介」とジイは満面笑みのようでボクを高く抱き上げてくれました。「だけど、靴はかないとだめだね、誉之介、靴下のままだろう」と注意もされました。

「くつた？」ボクはまた新しいことばをモノにしたのでした。ママの変容とボクへの育児かかわりは言語獲得促進を展望していたとすれば、悲劇的パロディでしかない。

２　蠢《うごめ》く虫のように

二十四節気に啓蟄というのがあるそうです。冬ごもりの虫たちが春を感じとり、はい出して活動開始をするとか。四歳過ぎて、ボクがそうだというのではありませんが、視力は医師の指摘ほどの変化はなく重複障害可能性濃厚、発育不全の日常に奇行奇癖を保ちしつ、変則的蠢きを実現していったのです。

寝食はボク流儀

誕生後の保育器生活で馴染んだ夜勤は医師の指導やジイたちの知恵を尽くした処方をもってしても改まりません。深夜にパッチリ目覚めて、大声で喚き、笑い、ヨッハッ、ヨッハッと座位ジャンピングを繰り返します。騒音公害に強いバアちゃんでさえ、ボクの行動開始後、三分もすれば覚醒します。

そんなことで、ママが夜勤の夜、あるいはパパママか妹が風邪とかだときまってジイたちのところへ床を移されます。月に十日ほどは、つまり外泊です。妹も一緒のことも度々です。パパやママが睡眠不足で勤務に影響ありそうだとなると必ずそうなります。

事の初めの頃、ジイがボクを背負って、お家の中で肩を揺すりながら歩いたり、バアちゃんが演技か本気か、とにかく頻繁にあくびをします。ときにはさも眠そうにクウクウ鼾もたてます。おもしろくてボクはもう寝ようなんて気はさらさらなくなります。

「夕べはやられたよ、一時前だぜ、お前んとこのお坊ちゃんのお目覚め」と朝食のため離れに来たパパにジイは嫌味をいうのですが、パパは一向に気にしません。

「野口英世もナポレオンも三時間しか寝なかったそうだ。偉いぞ、誉之介、きっと博士になれよ、ヘレン・ケラーより条件はいいのだから」というわけです。ジイはゲンナリ、ことばが続きません。

思案投げ首、困ったジイが思いついたのは薬です。大人用のピリン系風邪薬を分包して飲ませようというのです。実行役はバアちゃんで、ボク好物のマンゴープリンに混入させるのです。しかるにボクは神経ばかりでなく、味覚も嗅覚も優れていますから、スプーンで口に入れられても、マンゴー味への異物混入にすぐ気づきます。それは現在のボクの真骨頂、生きる証しです。すぐ吐き出します。飲み物食べ物何でも同じです。

ところが敵は百戦錬磨にして、重心小児病棟勤務も豊富ですから、ボクがペッと吐き出すその前に純粋のプリンを山とのせたスプーンを喉頭奥まで突っ込んできます。ウググッと喉頭をすぼめようとしても時すでに遅しで、さらにもう一度山盛りのスプーンがグイと押し込まれるのです。かくしてボクは敗北、素直にダウンを余儀なくされるのでした。この投薬はママには秘密で実行されるのですが、極意を会得したジイも深夜、神妙に実行してくれるのです。ボクは今後マンゴープリンも嫌いになって吐き出そうかなと思案中です。

それに食欲は過少そして偏食です。間食を多く取りすぎて、主食を食べられないというのではありません。ご飯はスプーンで二口、三口というのは頻繁にあります。それも副食なしでご飯だけ。でも、ボク用の茶わんで一膳すっかり食べられることもあります。副食は納豆が大好きで、次が鮭とサンマそして刺身はカツオとマグロ。それらだけを一人前食べることが多々あります。野菜果物は好きじゃない。というより嫌いなものが多い。匂いとか香りのするものはほとんど食べません。これは見事にジイからの遺伝。パパは好き嫌いなしですから、隔世のそれらしい。バアちゃんが緑黄色野菜が網膜発達に良いと食べさせるようママに勧め、バアちゃんのお友だちも嫌いなものを食べさせる工夫を伝授しようとするのですが、ジイに似ているのですからとママは至って平気です。

あ、そうそう、ボクの発音で「チュルチュル」と表現するラーメン、そば、うどんの類とそれにおすしは素直に食べます。月一回の温泉療養の帰途、昼食は全国チェーンのラーメンか回転ずしが定番です。

それに身体の特徴としまして、特異体質なのでしょう、発汗作用がありません。夏、暑くとも、冬、電気コタツやストーブで温まっても汗は出たことがありません。

くやしいけれど、ボクは

四月以降、ママが職場復帰しまして、朝とか夕方出勤時にお見送りをするようになりました。ボクも九時過ぎにはジイと施設に向かうのですが、ママと別れて一日あるいは夜を過ごす決意を自他共に表明する儀式でもあります。妹も病院に併設されている保育所に入ることになりましたので、パパも含めて三人を激励とともに見送るのです。初めの頃は「バイバイ」だけだったのですが、余りに素っ気なく儀礼的で、置いてきぼりされた感じがします。お別れのチュウや抱擁も検討しました。でも、ママが寝坊した朝のことなどを考え、採用されましたのが双方が手のひらを打ち合う「タッチ」です。プロ野球でホームランを打った選手をナインが迎えてする行為です。ただし、ボクの場合は頭を叩いたり、ドついたりはしません。品良く、ピタッと決めます。音色が良くなかったりすれば、ボクの判断でもう一度となります。

それでも納得がいかなければ、ジイかバアちゃんとホップインし、一〇〇mほど走った先で、再演することになります。この間、後部座席では妹がチャイルドシートに座り、ジッと成り行きを観察していまして、万一ボクが別れの悲しさに耐え切れず泣き出したりするとそっと涙を拭いてくれたりします。日課になってしまったお見送りとタッチが何かの都合で実現しないことがあります。パパママが寝坊をし、朝食もそこそこに出かけてしまったり、ボクが風邪など体調を崩したり、あるいは雨風が激しく、ボクが外に出られない日などです。

離れにいますと、パパママが出勤して行ったのを知らないこともあるのですが、九時十分になりますと、ボクが施設に向かうことになります。毎日の例からすると、その前にタッチとお見送りをするのですから、スッポかされたことに気づくのは当然です。

「パパとタッチ、ママとタッチ」ボクはもう絶対の秘密が発覚したようにひどく混乱し、片言発声し、泣きわめくことになります。定式化されたはずのライフスタイルが一方的に破棄されることに我慢がならないのです。施設に向かう車の中でもおさまらず、ジイの運転を妨害しようとハンドルをグイグイ動かし、クラクションをバンバン鳴らします。

ジイやバアちゃんの親しいお客さまがお出でになっても儀式は同じです。お客様も最近は心得ていらっしゃって、バイバイと一緒にタッチをしてくださるのです。バアちゃんから迷惑ですよと注意されるのですが、ボク自身、その辺は客足を見定めて可否の判断をいたします。一見のお客様とかセールスの方にはお願いすることはありません。おねだりすることでご機嫌になられるお客様はもうボクの頭にインプットされているのです。車のキーをお借りするのと同じです。社会的道徳性とかルールをボクなりに感じとれるのです。

タッチをし、お見送りをするようになりまして、何とか口にするようになりましたのが「いってらぁい」です。お風呂でジイに教えられても容易に出なかったのは「おかえりなさい」です。自分が帰宅したら、バアちゃんに「たらいま」ですから、彼我の位置関係を混同して、「たらいま」ばかりとなってしまうこともあります。

ふつう、パパママのお帰りはその半分がボクの就寝後ですから、発声の機会も少なく、必要は発明の母たりえないのでしょう。例えば、ビアジュやブルーナーという高名な学者たちは環境との絶えざるインターラクションが言語獲得を促進するとご大層にも述べているようですが、わかりきったことです。ジイとのお風呂会話のお陰でほどなく、「おかえり、なさぁ」までができたのです。すると、自分の帰宅も「おかえり」になってしまいましたが。

ボクの右眼はもはや完全失明状態です。期待の左眼もまだまだ視力がつかないために被る被害が少なからずあります。横幅のあるドア正面、壁、車とかは状況によって何とか物体ととらえることができるのですが、ドア戸縁の木口断面などのように点か線に近いものは片眼で遠近感をとらえにくく、階段の段差なども視界不良です。ゆえに激しくぶつかるし、もんどりうって転倒することもあります。椅子からカウンターに渡ろうとして目測を見誤り、転倒落下したり、ソファで座位ジャンピング中、踏み外して大理石のテーブルに頭ごとガツンとやり、額を切ったこともあります。

突然見舞われる恐怖と驚愕、激烈な痛みそしてどうにもならない悔しさは表現するにもボクにとっては言葉が見つかりません。自分をどこか、人の眼の届かないところへ隠してしまいたい、消えてしまいたい。それができない怒りに昇華させ発散するしかない。悲しくて悔しくて、どうしようもできない心情をやられたら、やり返す、欺瞞的ハムラビ法典的思考で自分をなだめるしかない。ポケットのキーを全部外に投げ捨て、何かに額をゴンゴン打ちつけるしかない。

入梅前のことでした。ジイが庭の植木の刈り込みをしていました。日曜日だったので、ボクの見張りをパパに任せてました。が、パパは日頃の疲れもあったのでしょう、午前中はいつもテレビの前でゴロゴロ、ウトウトです。これ幸いと、ボクはそろり外へ、ジイの三脚はしごを昇り始めたのです。階段昇りは幼少の頃から大好きです。ジイの足元まで近づき、もっと昇ろうとして気づかれたのは三・三mの頂上付近です。

驚いたジイはボクをそっと押さえつけながら、パパを大声で呼び、下から慎重に降ろすよう命じました。三人まとまって落下したら、下には大小の庭石が点在しているのですから、結果は明らかです。しかし、高所が不得手なパパは自分の足元ばかりに気をとられ、ボクの脚をグイグイ引くだけでした。

その時ボクは？　どういうことか首に三脚はしごの開脚防止チェーンが絡みついていたのです。

「ウグュ……」ボクの右眼は当然至極、左眼までも白くむき、落下してもしなくとも、もうこれまでかと覚悟を決めざるを……眼の前はすっかり灰色やがて真っ暗闇です。極悪罪人の絞首刑だって、チェーンは使わないでしょう。ジイの声も間遠に聞こえました。

「ああ、だめぇ！　パパ、やめろ。誉之介を絞め、殺しちまう」

多分、はしごを昇る際、フックから外れているチェーンの端が首に巻きついたのかも知れません。すんでのところで絞首刑によるあの世行きを免れました。が、どうにも収まりません。ボクは抱かれて泣き叫び、パパの顔といわず頭といわずたたいて、それでも容赦できず頭突きを三、四度繰り返したのでした。

ドアにぶつかり、階段を踏み外し、ソファから転落しても腹いせはテーブル上のものを次々放り投げ、玩具の箱をひっくり返し、ドアと壁を蹴飛ばします。至らない自分に我慢ならない、許せない。そして悔しい。

幼児の攻撃性は親との強圧的関係の中でひき起こされ、維持されるのだそうです。しっかりした愛着関係の有無が自己制御の働きを左右すると。それじゃ、ボクの親子関係、家族とのそれは異常でしょうか。愛着がなくて、異常行為に繋がっているでしょうか。でも、ボクは妹のひまるがお家に入れば、玄関の靴を手探りで揃えてあげます。お風呂ではバスタブへ誘って手伝います。車では運転開始前にシートベルト着用をジイに促します。

お菓子を誰かにあげようとして、手渡す寸前にサッと引っ込めるいたずらも会得しました。教えられたものではありません。人間には先天的にいたずら心があり、おいしいものをあげたい気持ちと独占欲が同居しているのでないでしょうか。

おやつの菓子パンやチョコとかを食べる際、包装紙を無造作にポイ捨てすることは絶対ありません。

チリボックスの存在が確かめられたら、自分で捨てることでしょう。手前味噌ながら、性善説ゆえのヒューマニティかなと思うのですが、これが攻撃性と同居しているのです。

そっと成長

施設で過ごすのは毎日、昼食をはさんで四時間半くらいですが、ボクはほとんど一人遊びです。帰宅時のお別れ会でも遊戯とかお歌の唱和はしません。いろいろな障害を持つ子が多いので、特に目立ちもしません。結果として、送迎のママたちが主役みたいなものです。そこに男一人、ジイが参加し、ママさんたちについて遊戯をし、歌うのでした。気の毒ですが、三世異端児のためと達観しているようなので平気、平気。

年が明けてから、がぜんボクの行動力が増大したように思います。医師が診断したようには網膜接合ならず、視力もつかず、その分、感の閃きが発達したみたいです。

妹のひまるの存在が疎ましいわけでもないのですが、未だハイハイできず腹ばいしているところへ行き、馬乗りになって有頂天になったり、つかまり立ちしているところを押し倒して泣かせます。挙句に「ひーちゃん」などと猫なで声でその名を呼び、なだめすかしたりもします。

クレーン現象というのだそうですが、ジイの指をしっかり掴んで冷蔵庫の前まで連れて行き、抱っこをせがみます。ドアの高さのところで冷蔵庫を開け、中から、手探りで好みの食べ物をとり、少し食べますがもともと、食欲旺盛と言うのではありません。行動したい、動きたいのです。

松の内だったと思います。ジイがママに頼まれて、倉庫からスノウタイヤを出すお仕事をしていました。そのすきにボクは離れ玄関のインターフォンに漸く手を届かせ、ソッとボタンを押しました。夜中にパパに抱かれて離れに移動する際の行為でおよその見当はつきます。「はーい」ボクとしては少々甲高い声で叫びました。実際何といいば良いのか考えつきませんので、バアちゃんがいつもお客様に応答するそのままに申し上げたのです。案の定、中からも「はーい」といつもより弾んでボールが転がるような声です。「はーい」とボクはもう一度。

「誉之介ね。どんな御用かしら」

ボクはその後の言葉が続きません。というより、適当な言葉が頭の辞書にないのです。だから、「バア、ちゃん」と呼びかけ、また中断です。

こんなとき、とても悲しくなります。

「入っていらっしゃい、上手にお話できたから、ごほうびにプリンあげようかしら」

えっ？　だったら、プリンより……

「チュルチュル」と、すかさず叫びました。

「あらそう、チュルチュルね、いいわよ」

ボクはすごく嬉しくて楽しい気分になりました。食べたいものを言葉で要求し、わかってもらえたのが初めてだからです。インターフォンは語彙を増やし、会話力を高める文明の利器かもしれない。パブロフの発想と似ているようにも思うし。

翌日、ボクはまたプリンかチュルチュルにありつきたくて、離れのインターフォンを押しました。例によって、「はーい」とバアちゃんの声が大きく飛び出してきます。ケケケ、ボクはニタニタしながら、もう一度押しました。「はーい」と口まねもしながら。すると、「はーい、どなた？　かしら。聞こえますから、どうぞ」と一層拡大された声がして重厚なドアがグイッと押し寄せてきたのです。ノブに捕まり、背伸びしながら漸く押しボタンに届いた体勢だったものですから、抵抗のすべもなくボクは突き飛ばされ、二つのコンクリート階段を落下し、頭をガツンです。眼から火花が出るその痛さは比喩的表現ができません。ギャーと実に大げさですが、泣き出しました。テーブルやソファから落下したクッションタイルとかフローリングとはわけが違います。痛いのか熱いのか、かつてのコバルト治療よりもっと衝撃は大きく、脳髄を叩き割られたようなショックだ。通常ですと、こんな場合、ボクは泣き出す前に持っているものを投げつけるか、手を振り回し、脚をバタつかせて怒りと悔しさを表現するのですが、この際ばかりは自業自得、戦意喪失でその暇もありません。ボクのいたずらが原因ですし、危害を加えた被疑者はいうまでもなく過失で、大好きなバアちゃんでしたので泣き寝入りもやむなしだったのです。

その後も温泉療養は毎月、二泊で行きます。その帰路でした。盲学校のある町にさしかかり、ボクは運転しているジイに尋ねたのです。

「Nさん、行く？」と。

「……Nさん？　……はてだれだっけ」

ジイはしばし悩んでいましたが、思い出せません。バアちゃんはいつものように半分眼蓋を閉じていまして、到底話題参加は不可能です。ボクもどなたかは話せません。

「Nさん、Nさん……と。誰だったかな」

どうにも思い出せないままに、変わった青信号にあわせ、グイと発進しましたら、バアちゃんの垂れていた頭が浮き、後部シートにドンと当たりました。「あ、点字図書館のNさんでしょう、ね、誉之介」と叫ぶようにいったのです。ハハア、ハアーンって、ジイ、ようやく思い出してくれたようです。

前回の温泉の帰途、三人で県立点字図書館に寄ったのです。その何日か前、全盲の青年が白杖一本で電車通勤し、介添えの援助を受けながらも立派に働いていることが新聞に載っていたもので、直接お会いして、激励したお返しにパワーをいただいて来たのです。

そんなNさんを記憶していまして、宿泊旅館のしくじりもどうにか面目躍如したのでした。Nさんのことはその後も記憶にありまして、ジイが市立図書館で行われる会議に行くというので、「Nさん、くる？」とバアちゃんに聞いて、驚かせたこともあります。

これはおそらく、彼の自律と自立の自信に対する共鳴と憧れとジェラシー、そしてそれを多分テレパシーとして受けた証左ではないでしょうか。

家族たちがボクのノロノロ成長を待ちくたびれ、失望し、あきらめかけた頃、ボクは自他共に想像もできない言葉と行動を表現して、その関心をどうにか繋ぎとめ、何度も失地回復してきたように思います。でも散発的で不安定で、しっかりした成長を証明するものでもありません。例えば、少々の言葉ができるようになりましたら何と、ボクには構音障害という症状がついてきたのです。前に述べましたが、くるまとかラジオを正確に発音できないで、くーまだったり、ヤジオだったりするのです。バアちゃんの実家をいうとき、通称として地名で通ります。柱田をハシラダと読むのですが、ボクはハタラタ、インターフォンの音色をピンポーンと家族たちは表現しますが、それはピップーンです。パパが何処からかいただいてきた中古の三輪車はサイレンシャ、コーヒーはコォチ、チョコはココレートなどです。

これら、のどの奥から苦心惨憺の末ひねり出したボク専用の言葉も唐突だと理解していただけないことも当然あるのですが、聞き手の家族はことばの明確さよりとにかくボクから出る言葉らしき音声を必死に待っているのですから、少々意味不明の言葉でもよってたかって翻訳解釈してくれますし、感心したり喜んでくれます。

ひどく未熟でもボクの口からほとばしる言葉でジイやバアちゃんらを行為に巻き込みながら実現できることの楽しさ、愉快さ、それに家族の優しさを言葉によって知る充足感は表現のしようがありません。更に嬉しいのはお話しするボクに家族のみんなが一目置き、存在を、つまりボクの存在を認めてくれることです。ボクはもう正に家族の一人です。岩瀬家の暮らしに参画し位置しています。

こうなりますとボクもうれしくなって、自分の気持を表現したくなります。何をどう？　かはわかりません。でも、何かをやりたい！　そうだ、ボクは思わず、ピョンピョン飛び跳ねました。アスペルガー症候群を思い起こされるかも知れませんが、ジイのお友だちの社長さんからパトカーと消防車をプレゼントされたときのように。座位ジャンピングの応用です。そして、ボクは予期していないことを口走ったのです。「こっち、耳見せてね」「はあい、こっち、耳を見せてね、うも（動）かないでね」と二度。多分結婚したばかりか、いや未だかというくらいの女医さんに耳の治療を受けていましたから、その言葉を突然口にしたのです。梅と桜と桃の花をミックスしたような香水の香りを今も思い出せます。しかるにボクも遅きに失して、喃語や散発的単語でなく、初語段階から少々二語文を口走ったりするようになりまして、ようやく並みの子になったような気がします。「ふん、ふん」で自己主張するよりいかにリアルで正義がこめられていることか。

ジイたちのベッドに寝ておりまして、払暁に目覚めますとすぐ、母屋に行きたがります。が、最近はパパママがまだ就寝中その安眠を妨害してはならない、朝まで待つようにと指導がありまして、ベッドに戻されます。ですから、「もう、朝になった？」と開口一番、尋ねることにしています。夕方も同じです。パパかママの帰宅を待ちわびて、「もう夕方なった？」と尋ねます。ジイは、「もうちょっとだね」とか「そろそろだね」と応答します。「まだまだだろう」などと全面的に否定されるのは待ちくたびれているボクにとって精神衛生上好ましくありません。「あれー」「あらぁ」と一声をあげ、身近に当り散らす適当な対象を見つけ、すぐ実行となります。

施設からの帰り道、わが家が近づきますと、「バアちゃん、いる、かな？」とジイに尋ねるのはいつもの通りです。

「バアちゃん、お勤めだから、帰りは夕方。知ってるだろ」と、これは期待を正面から一〇〇％否定ですからボクの立場がありません。バアちゃんはまだ帰宅していないにしても、「そうだね、もうそろそろお家に着いて、誉之介の帰りを待っているかも知れないね」と、いってくれると会話は繋がるのです。それじゃ、バアちゃんはチュルチュルつくってるかな、ああ、つくってくれてるよ、卵とウィンナーが入ったおいしいのを。あれはラーメンというんだって。プリンもある？　ああ、あるある。ヨーグルトもあるよ、とこうなるのです。

ボクはジイとの相互関係を通して自律性を発展させられそうです。正常な愛着はあるべき規範をもたらしそうです。

　帰宅して、バアちゃんが帰宅していなかったとしても、ボクはうそつきなどとは責めず、「もう夕方なった？」「もう、そろそろになった？」と心機一転、気持ちを切り替えます。「ふん、もうちょっとだから、チョコを一個だけ食べて待っていようか」とジイも気持ちをあわせてくれるのです。

　施設への送迎は数ヶ月前から、ほとんどジイの担当になりました。お誕生会、遠足、奉仕作業、父兄研修などもそうです。最近ジイ以外は都合がつかないことが多いからです。だから、ボクが生まれて約四年の間にジイは難しい病気で二度入院しましたが、ともにボクの育児で治療予定より、三、四日早く退院したほどです。当て馬ではなく、いつでもどこでも融通のきく存在ということかな？

　朝、送迎の車中でした。ボクは突然、お弁当やおたより帳の入っているザックを忘れたように思ったのです。ママは夜勤明けで寝ていましたので、バアちゃんがつくってくれたお弁当です。施設で食事を手伝ってくれる保育師の先生はみなさん、バアちゃん弁当のファンです。ふたを開けるまでワクワクしています。副食の配置とか、配色などが素晴らしいとウットリし、午後迎えに来たジイにまで質問したりします。その自慢のお弁当を忘れては大変です。

「ザック、忘れた！」

「何いってる。うしろのシートにあるだろ。良く眼を開いて見てみなさい」

「お弁当、も、ある？」

「大丈夫、ちゃんと入ってるよ」

それでも、まだ安心できません。「お手ふきも？」

そういいば、ボクはザックを背負わされて、離れを出、バアちゃんとタッチをして車に乗り込んだのでした。ボクは咄嗟に、

「あゆくんママもくるかな」と話題を変えました。あゆくんは施設の仲の良いお友だちです。ジイは返事をしてくれませんでした。

もう一つの予感

世界的言語学者共通の認識は言語獲得は認知発達と相互作用し、あるレベルまでの言葉ができた後に、発語器官が成熟するともいわれています。ところがボクは少し認知機能が先行し、遅れて言葉がついてきたように思います。そして、ほぼ一年、それらは逆転し、爆発的ではないにしても言葉の量が増えることで認知の発達も促進された気がします。

車庫での模擬運転は今や、ボクの趣味で、遊びの一つですが、ジイに抱かれていましてもエンジン始動ができました。晴れて運転手になれたボクはそれまでハンドルを動かし、ライトを点灯し、ワイパーを操作することは絶対しません。車の運転はマナーと規則の遵守が大事です。

バアちゃんと街へ買い物に出ての帰り道、「Hさんとこ寄ってく」「Fさんどうしてるかな」とバアちゃんの社交性を深めるための提案とお誘いもできます。

間もなく四歳になる前のことでした。わが家から10㎞ほどの距離に有名な牡丹園がありまして、ジイと行って来ました。花の盛りは過ぎていましたが、優待券があるとかで天候をうかがっていたのですが、

良い日がなかったのです。ボクとジイが参加した施設の遠足も牡丹園でしたので、二度目の入園でした。ボクが危なげながらも平衡感覚を保って歩けるようになったものですから、園内をくまなく回り、挙句にバラ園まで足をのばしたりして、相当疲れて帰ってきました。

夕食の時間になり、離れはその準備もすっかり整い、ジイはボクの入浴もすませ、いつもの晩酌を始めるばかりです。

「さあ、おいで、ご飯にしよう」

ボクを膝に乗せ、チビリチビリやりながら、ボクの食事を手伝ってくれます。一人だけでも食事をすませておけば、ママも手間隙省けて助かるだろうと習慣化していました。妹は保育園からパパと一緒に帰るのでママは夕食をパパの帰宅に合わせるつもりですから、まだ母屋で夜勤明けの休養をとっています。

ボクも妹も離れだと、好みのメニューを料理してくれるので好都合なのですが、四月に職場復帰してからママの考えが少し変わりました。離れに入りびたりは教育上好ましくない、完全独立をすべきだということのようです。でも、これまでもこれからも三交代の病院勤務では完全なそれは成立しにくいし、妹のひまるが生まれるまでの約一年は親子三人揃って三食を離れでとっていたことを思うと少し首をひねるところです。そこでボクは是々非々であるべき、その範はボクが垂れようと考えたのです。つまり、突破口づくりです。ボクの考えでボクの主張を申し上げました。

「母屋で食べる。ママ、きっと迎えに来る」

日一日と昼の時間が延びていましたが、そろそろ外は夕ぐれです。ジイとバアちゃんはハッとしたように、顔を見合わせていました。

「こんな子の気持ちに応えられないようではかわいそうじゃないか。もう十分寝ただろう、母屋のママを起こしてやったら？」

ジイは憮然といったのです。でも、バアちゃんは、「じゃ、ご飯でなく、牛乳とバターパンだけでも食べようか、ね」

と冷蔵庫を開けたのでした。パパの帰りにあわせていたら、この子寝ちゃうのにねえといいながら。

面目ないのですが、その通りです。温められたミルクを飲み、スナック菓子を口にしているうちにボクは前後不覚の眠りに陥ってしまったのです。この頃ほとんどこのパターンです。でも、このようにボクをめぐって、ジイとバアちゃんは少しの安心とさらなる期待に胸を膨らませるのでした。ボクが現在の環境と条件の中だけでなく、両親と愛着の時間を共有しながら、施設などの異なる環境と条件下で新たな言語を獲得し始めたことに気づいたからです。

ジイはチンパンジーとヒトの乳児を双生児のように扱って育てたいくつかの実験結果を知っていて、一定の予感をしていたのかもしれない。実験では、初めの数ヶ月間はむしろ、ヒトの乳児のほうが遅れているという印象を受けていたものが、言語を獲得する時期になると、ヒトの知的発達がチンパンジーのそれを大きく上回ったそうです。よって、ボクもどうにかチンパンジーに追いつき、追い越せそうかな？

3　やはり足踏みです

離れの玄関は低い階段を二段上ってから、ドアを開けるようになっています。何故、緩いスロープにしなかったのでしょうか、ジイだって、もっと年老いたら階段の出入りは困ることになるのではないでしょうか。ボクも以前、踏み外したり、つまずいたりして転んだことがあります。

ところが現在、ボクはこの階段が大変気に入っています。朝目覚めますと、母屋の座敷廊下から脱出し、離れに行くのですが、この階段を上がりましたら、正面へ向き直ります。そして、

「みなさん、おはよ、ございまあ」

「行って来まあかあね」

「たのしくあそでくださあい」

「すみませんね、すみません」

「字書いてて電話でられ、ませよ」

などと覚えたての文節を並べ、ご挨拶をするのが日課になりました。施設の先生のようにことばを繋いで話せることが楽しくて嬉しいのです。ボクは言葉を使い意思と感情を発信することで知らない世界の扉を開けられそうなのです。

ジイやバアちゃんに聞こえて、あわてて顔を出したこともあります。ボクとしては、幼稚園の話が具体化している昨今ですから、少しでも成長の証しをお見せしたいのです。が、まとまった内容を理路整

然というわけにはいきません。はずかしいことですが、まだオムツもとれません。家族から注意されるのですが、進歩はありません。いまだに事後報告、「出たぁ」だけです。

　しかし、妹がいて一応兄ですから、それらしく振舞い、成長をアピールすることも覚えました。外で遊んでいまして、ジイやバアちゃんが近くにいても、「ひまるちゃう、道路出てダメ。車あぶない」と注意します。言葉を話せてできることです。人見知りをする性格で少しはずかしがり屋のボクに勇気が生まれたのです。

　妹はボクが泣くと、涙を拭いてくれたり、背中をマッサージしてくれたりするので時にお返しをしないと面目が保てません。

　いたずらも進んで、いわゆる猫なで声で、「ジイちゃあん」と呼びかけますと、チョコなどをねだるものでないことは先刻承知ですから、ジイは安心して、「ハァイ、誉之介、なぁに」と応じてくれます。すかさず、ボクは「ジジェ！」一オクターブ上げ、罵倒するように声に出し、ニタッとしながら反応を見守ります。ジイは「何じゃ、誉之介殿、もっと優しくいいなされ」とやはり、一オクターブ上げるのでした。妹の食べているお菓子をサッと取り上げ、背に隠したりします。が、泣き出す前に返します。ネコババして食べてしまったりはしません。

　いたずらもこれ以上性の悪いものになりますと憎まれますので発展させませんし、知りません。それより、先ず、トイレを一人でできるようにすることが喫緊の課題です。最近のことですが、ある幼稚園の先生が「この頃のママさんは入園式でうちの子はトイレで、紙を使うことができないので先生お願いしますと堂々とおっしゃるのには驚いてしまう」とジイに嘆いたそうです。ボクの近い将来を物語っているようでドキッとしました。それにしても、どうして「出るよ」と言葉が出ないのと便秘症で出そうで出ないのとダブルなのですから悲しくなります。追いつき、追いこすなんてことばはボクの小さな辞書にはないのかも知れません、きっと。

4　来年は幼稚園

六月の二十日を過ぎて、ボクは節目の満四歳になりました。眼には医師が診断観測してくれたような進展は今もありません。が、お家の内外はもちろん、通園している施設内などはどうにか、行動することができます。と申しましても視力がどれくらいで、明瞭なのかボッとしているのかわかりません。もともと、視界に広がる本来の姿がボクのイメージにはないので、かすんで見えて、それが本来の視界なのか、もっと明瞭に、いえ、明瞭というのがどういうことかさえわかりません。

スーパーへ行き、通路を自由に歩くことはできるのですが、ママとかバアちゃんとはぐれてしまったら、自分でその姿を見つけ出すことはできないと思います。ボクくらいの子だとお買い物もできるそうですが、ボクには無理です。言葉を自由自在に駆使してというわけにもいきませんし、お金の区別、種類があることさえ、全くわかりません。

食事はテーブルに準備していただければ、スプーンとフォークを使い、食べることはできます。ただ、その表と裏の区別ができないので、裏を使っててこずることもしばしばです。やがて指と舌先で確認してから正しく使えるようになるとうれしいな。幼稚園児ですからね。

数年前に学校教育法という法律が改定になりまして、いかなる条件の子でも小学校入学は義務制になったとジイが申しております。幼稚園はその準備期間なのでしょうか。とりわけ、盲学校の関係者の講演とか面談などでそのことが強調されます。だとすれば、ボクのような視覚障害児でも通園を許可してくださる幼稚園はあるのでしょうか。わが家では六月の誕生日を過ぎ、夏休みに入った頃から、そのことがにわかに大きなテーマになってまいりました。それにボクがごく最近まで喃語ばかりで満足な会話ができなかったし、まだオムツも取れないことに気を奪われ、幼稚園はもっと先のことのように認識していたのではないでしょうか。ですから、ママの戸惑いは大きかったようです。

それに、これまでボクの育児のこと、視力障害児に関して養護学校や他の施設見学など、教育の方法に関することはほとんどジイらにまかせきりでした。つまり、両親のボクに対する存在感とか認識度は祖父母に比較して正常とは言いがたい状況です。それはボクにハンディがあって、病院から各種社会福祉諸機関まで頻繁に出席要請がありましても対応しきれずにそのような結果になったのでしょう。

さて、その前段に、東京の総合病院眼科の診察を受けました。これまでに、医師は四歳頃までには辛うじて失明を免れている左眼の網膜が安定し、視力が出る可能性を言及されておりましたので、家族の期待は病院最上階のレストランから見える富士山よりもっともっと高まっていたのも確かです。慌しかったけれど長い四年間でもありました。運命の女神はきっと微笑みかけてくれるに違いない、せめて日常生活に事欠かないだけの視力は出てきていると信じていました。

医師は一応の診察を終えて、肘掛け椅子にどっぷり座りなおし、胸膨らませているパパママに申したのでした。

「遠いところを通院するのも大変だろうから、自宅でしばらく観察して見てはどうかね。十歳頃までに症状が好転することも、例としてはありますから」

医師はきわめて冷徹です。ボクもいわれたことの意味はわかったような気がします。

でも、パパは医師の言葉に耳を疑ったようでした。頭にはいっきに落胆と焦燥、無情、断念、覚悟……などが交錯してよぎったといいます。せめて期待をかけていた片目です、両目ともなんていわない、字が見えるくらいなどと欲も出さない、せめて、家族の顔を見分けられるくらいの視力だけでいいから。

でも、なんと理不尽な。四歳頃までには、なんていうのは嘘で、不可能をなし崩し的に認識させようとする方便だったのか！　なぜ、もうダメといわない？　……来なけりゃよかった。でも、そう！　未だ見棄てられたとは考えたくなかった。未だ四歳の子だもの、神の慈悲がないはずがない。最近難聴気味で重複障害ではひどすぎる。せめて片目だけでも視力を得たい。医師が十年というのなら、それに賭けてみるのも一方法かもしれない。ボクは家族の落胆と期待を感じることもなく、西日の差し込む窓から窓へ廊下伝いに陽気に歩き続けたのでした。

そんな暦日の夏の夕食後でした。暫くぶりに母屋と離れと一緒に納涼ビールパーテーを開き、その後片付けも一段落しまして、ボクはそろそろ眠くなっていました。

「県立盲学校には幼稚部がないそうだ。聾学校にはあるというのに」

ジイの位置にはエアコンの冷気が回流しないのか、浴衣の胸をはだけ、団扇をパタパタせわしく動かしています。実は今日、ボクとジイらはいつものように療育センターへ耳鼻科診察を受けに行ってきたのです。そこでたまたま、そのようなことを耳にしたのでした。

「それで、帰宅してすぐ、調べてみたのだけど、盲学校就学前の子のための幼稚部は東北地方では皆無らしい。都市圏ではほとんどに設置されていて、東京、神奈川などでは0歳児教育も試みられているらしいが」

ジイはいつもすぐ調べ、勉強します。名医がいらっしゃると聞けば、インターネットやテレビ、新聞などの本社までも問い合わせ探し出します。鳴かぬなら鳴かして見せようと豊臣秀吉タイプのようです。

「視覚障害児の教育専門家は異口同音に、盲学校入学前の準備段階という位置づけが大切とおっしゃっているのにね。点字習得率が余りに低いので0歳児教育も取り組まれているそうよ」

と、バアちゃんも口を添えます。

しかし、これまでボクに接し、健康相談とか育児指導などを担当してくださった医師、病院スタッフ、作業療法士、保健師それに教育委員会の先生のみなさん、どなたも見解と進路選択に異なった意見を申されます。極端すぎて、ジイに限らず迷ってしまいます。現在の施設で十分という説と正反対に発育にひとかけらのモチベーションもないという説と、ボクの知的な発達遅滞を見抜き、発達障害児の多い養護学校を選ぶよう勧めてくれた保健師さんもいらっしゃった。あるいは、特別支援教育の理念をもとに近くの利便な幼稚園、小学校を希望するようご助言くださるご意見もあります。それではと、ジイは早速、県教育委員会の方針などをネット閲覧するのですが、そこに記されていますのは、新法の特別支援教育は諸般の事情をかんがみ、当分これまでの方針を踏襲……ということで何も目新しい施策はない。

ボクにとって一番の親権者たる両親はどうでしょう？　ジイにいわせると「一汽車遅れの呑気屋」で、ボクの成長度合からしてまだその時期ではないと思っているようです。それでも、せんじ詰めますと、パパは現在通園する施設で良いのではといい、ママは社会的体面もあるのでしょうか、できれば普通幼稚園の方がと迷っているようです。

「最後の選択は親のあなたたちだから、お任せするとして、モタモタしていると、半年や一年はすぐ経ってしまうよ。結局、県立盲学校ってことになったら、五〇㎞通学なんて無理だから、寄宿舎に入れざるを得なくなってしまうだろ。可愛い子に旅なんて昔はいったけど、耐えられるかね、親子ともども。それよりか、親の努力で近くの学校に入学できるものなら」

テレビのプロ野球中継に眼を奪われていたパパは姿勢を正したようでした。

「県の方針では普通の小学校入学が無理というなら、盲学校の分校をこの市内に設立してくれるよう運動してみようじゃないか。一学級でいいのだから。その足がかりとして、市教育委員会に視力障害児のための特設幼稚園を設置してもらおうよ。誉之介が通園する施設には視力障害児が三人いる。三人のための幼稚部か幼保施設ができれば、それはもう立派な教育課程の実績になるよ。幼稚園があって、小学校がないのは筋が通らないから、盲学校の分校設置の展望も出てくるだろ」

いつでも、どこでも、希望する教育を受けられる……それが特別支援教育の理念だとジイは説きます。でも、のんびり屋のパパ相手では独り芝居です。

「どうかね、ママ、いろいろ関係機関や関係者に必要性を説き、各種議員にも力を貸していただいて、誉之介らの特別幼稚園設置を陳情してみては。果たして成功するかどうかわからないが、座して死を待つより打って戦いに転じよともいうよ。誉之介のためのより良い環境づくりをしてやってはどうだろ」

「ええ、それはもう誉之介のためだったらねえ」と、パパへ視線を繋いだようです。

「近くなら、通園の送迎も楽でしょうしね」

「そうだね、近くだったら、オヤジは楽だろう。今だって、誉之介もひまるも遠すぎる。でも、施設変わったりすると誉之介も戸惑うのじゃないかな」

パパは少しボクのことを案じてくれたのでした。分校を市内にある養護学校に併設できれば、送迎つきで自宅通学は可能です。

パパは公務員という立場上、これからの陳情請願あるいは各機関への折衝など表だった場にはジイが代理役で務めるならと、ボクの就学をめぐる戦略はまとまりそうです。

5　教育環境整備

ボクが二年後も視力がでなくて、盲学校に入学するとなれば、寄宿舎入居となるのですが、現在成人以下の児童生徒の入居者はいないそうです。医学の進歩に伴い、視覚障害者は減り続けていることを物語っています。

そのような状況下でジイらは市内へ盲学校分校誘致、幼稚園設立の陳情活動を始めたのでした。ボクの成長は貧弱で鈍行列車でも、歳月は光陰矢のごとしで幼稚園入園年齢になっていたわけです。そして、社会的に意義を深めつつあるキーワード〝いつでもどこでも希望する教育を〟に取りすがることにしたのでした。学校教育法が改正され、ボクのような障害児のための特別支援教育が社会の関心を呼び、必要性が一般にも認識されてきていたのにも背を押されたのです。

ジイは早速、市や県の教育委員会、県中教育事務所あるいは社会福祉事務所、養護学校などの関係者と何度も会い、陳情と請願を繰り返しました。議員の先生にもお願いしたり、かつて、ジイが教育委員長をしていた当時の校長先生が何人か教育行政の仕事を担当されていて、助言と指導も頂きました。第一ステップは幼稚園の設立設置です。市当局へ請願書を提出する席にはママも立ち会い、どんな子も大事に教育を受けられるべきだと逆に励まされたのでした。中央政界で活躍する先生への陳情にはボクもママと同席しました。先生は県の遅れを認識しておられ、終始笑顔で一緒に写真も撮ってくれました。

ジイが申しますのは、いずれの機関も担当者は親切で真面目に対応してくれるそうです。分校にしろ本校にしろ、学級編成の基本は生徒数が四人以上という原則があるのですが、教育委員会の担当課長は温厚な口調で、例え定数以下でも必要なものは幼稚園でも分校でも作らなければとのスタンスでした。

そして陳情は受け入れられ、新年度から市内中学校の空き教室に視覚障害児三人のための幼稚園を設立しようとなったのです。ボクだって、いよいよ幼稚園児になれそうです。新たな年を迎えておりました。

6　周りはみんなやさしくて

パパは相変わらず仕事一辺倒ですし、バアちゃんは春から秋遅くまで検診センターの仕事が忙しく、朝早くお家を出て行きます。

残されるのはボクとジイです。施設の保育時間が短く、送迎もそれにあわせますからボクは最後にお家を出て、一番先に帰宅することになります。金曜日だけはお弁当なしですから、お昼前に帰ります。ボクの通園送迎はほとんどがジイの任務になり、ボクも施設の生活が楽しくて、ジイやママのお迎えを心待ちにしたり、まして泣き叫んだりすることはほとんどありません。

伝え聞いた千葉のおじさんからジイの慰労を兼ねて、ご自宅へご招待を受けました。バアちゃんも入れて三人です。ボクのためにと、おばさんが沢山のお料理を作ってくれていたのですが、ボクはお料理より、おじさんのＢＭＷのキーを借りたり、ドライブさせてもらえたのがすごくうれしかった。おばさんの実家にも寄ってきました。皆さん、すごく優しく話しかけて下さいます。ボクの眼が見えないからかなあと最近思うようになりました。

春の北海道にも行きました。ボクを是非励ましてあげたいとおっしゃるバアちゃんのお友達から何度もお誘いを受けていたのです。バアちゃんの元同僚で親友のＹさんも同行しました。飛行機に初めて乗ったのですが、客室係のおねえちゃんがまたすごく親切で、ジュースを二度いただきました。機外に眼をやりましても、明るい空間が広がって恐くもなんともありません。何千キロか離れた他国へ正確にミサイル撃ち込む技術を持つ国の宰相が恐がったとか、信じられません。

札幌で観光タクシーの運転手さんが予定を変更して、ボクの気に入るような公園とか、お菓子工場の遊園地を案内してくれました。無口な運転手さんで、ちょっと前のボクみたいです。「運転手さあ、ありが、とう」とお礼を申しあげたのですが返事がありません。「運転手さん、聞こえない、ね」とバアちゃんにいったら、前から「聞こえてるよ」って返事があったのにはびっくりでした。

北海道のおばちゃんの家に二晩泊ったのですが、お魚の料理が盛り沢山です。小学校に行っているお兄ちゃんが二人いて、ボクにかっこいいミニカーをプレゼントしてくれました。以前、ジイらと登山したことのあるご近所のおばさん夫婦も目に効くとかいう山菜のお料理を持参してくれて、大宴会に発展しました。ジイとバアちゃんのつながりでボクの世界は少々広がっていく気がします。いつだったか、ジイが「世の中、見えないものがほとんどさ。でも毎日生きていると見えるようになるよ」とつぶやいたことがありましたが、こういうことも意味していたのでしょうか。

この旅行でのボクの最大収穫は眼鏡をかけられるようになったことでした。これまで医師の先生や看護師さん、それに家族から熱心に勧められていたのですが、どうにもかけられなかったのです。それが一転したのです。

ボクはYおばさんが大好きで、観光地の何処に行きましても手を繋いで一緒に歩いていたのですが、「ヨッちゃん、眼鏡かけたらカッコいいだろうなあ。北の街札幌にピッタリだよ、きっと。ちょっとかけてみようか」とおっしゃった。

そんなことはないよ、外交辞令が上手なんだ、おばさんは。小頭児だし、牛乳瓶の底みたいなレンズの眼鏡など似合うはずがありません。でも、これも浮世の義理なので、かけました。ちょっとだけ、ですから。

とその瞬間、おばさん、「ウワァ、カッコいい。ヨッちゃん素晴らしいわ」とボクの手をとり跳び上がったり、ジイとバアちゃんと呼応して傍若無人、大通り公園の果てまで響くほどの拍手です。おばさんは前に宝くじで当選したことがあるそうで、その時はどんなパフォーマンスをされたことでしょう。いわれて見ると確かに、ボクの視界はもっと明るく広がった感じです。街並みや木々の色彩がヒョイと迫ってくる感じがします。そうか、そうなんだ、おばさんのいうに任せておけば、もっと可愛がってもらえそうだし、視界が広がるかもしれない、このままにしておこうとの心境にいたったのでした。

でも……残念なことに秋半ばになった頃、ボクの周囲にジワリ、異変が生じつつあったのです。ママにとって育児休職の一年近く、日々手中にあったボクの存在が職場復帰により、遠く感じられるようになったらしいのです。ジェラシー？　でしょうか、それともママのプライドとエゴかな。ジイらには唐突に、ママたちには用意周到にでしょうか、岩瀬家に火の粉が降りかかりそうです。

7　節分の夜

ボクらのための特設幼稚園について夏過ぎから何度か対策会議がもたれました。関係機関への陳情や請願がくり返され、やがて年が明け、市教育委員会と特設幼稚園を希望する三人の視力障害児の保護者、それに有志議員の会議の席でほぼ請願どおりのものが設置されると報告されました。幼稚園を市内中学校の空き教室を利用して設立する案です。当然、予算措置も行われ、三人の養護教師を採用することも決定されました。さらに二年後をメドに盲学校分校として一学級の誘致を推進する、のです。ジイらの要望の多くは受け入れられたわけです。臆せず行動をおこして正解だったようです。

幼稚園ばかりでなく、盲学校も射程距離に入ったわけですからボクは遠く離れた寄宿舎に入らなくてすみます。盲学校近くにアパートを借りて、ジイとバアちゃんとが週交代で通学の世話をしようかという話もこれでなしになります。

ボク自身もジイたちにまとわりついてばかりもいられません。もっと言葉を覚え、オムツも外せるよう成長しなければと思います。一歩後退二歩前進、ジイと街へ出ましても、ジイが用件を果たし、あるいは買い物をする間、自分からすすんで車の中でお留守番をすることもできるようになりました。プリンもなく、ミニカーがなくとも、時おり座位ジャンピングをして一時間以上だって待っています。泣いたりしません。

一方、臨時雇用の養護教師採用について、教育委員会としては二月末までに候補者をしぼり、選考決定の予定です。保護者も広く採用候補者募集に協力を求められました。

パパは大学時代の友人たちにあたり、ジイは教育委員長当時のパイプを手がかりに、他市町村あるいは福祉事務所などまで打診し、紹介を依頼したのでした。施設と設備が整っても主なしでは仏つくって……になってしまいます。それぞれ日夜必死でした。

ところが、一ヵ月半余り費やしても、有資格の教師探しが実を結ばないからでしょうか、ママがある日、軽く提言したのです。

「普通の幼稚園が良いのではないでしょうか。入園児の障害を理解されて、受け入れてくださると聞きましたけど」と。ママはつかもうとしてつかめないボクの障害克服と社会的面子を同じ射程に求めていたのでしょうか。

さすがに、ジイはエッと驚いたようです。この期におよんでそれはなかろうと。もし、その気なら、最初から対象外の施設などに通園させず、普通教育一本で希望し続ければ良かったのですから。でも、それは現状では難しいというのが教育委員会の基本方針だったのです。しかし、ジイはそうはいわず、

「それも視野におくことにして、今は視覚障害児のための特設幼稚園創立に向けて走り出したのだから、趨勢を見るしかないだろ」

と受け流しました。養護教師は見つかり、採用できるとジイはもちろん、教育委員会も見通していたからでしょう。それ行け、ドンドンのはずだったのです。

が、それぞれの運動体の戦略戦術が統一されていないと、他の情報や状況の推移が錯綜して混乱することもあるようです。ボクの周囲も密にして強固にたおやかに成り立っていたはずの防波堤の一隅に漏水があったようです。ボクの誕生を機に円陣を組んでシュプレヒコールを唱和していたはずでしたのに。早急な修復工事は不可能なのでしょうか。

一月の中旬を過ぎて、ボクが通園する施設から送迎係のジイに新年度運営に関する文書が渡されました。新年度の施設入園希望者が多く定数を越えそうなので、希望する幼稚園があるならば、そちらへ転出して欲しいというのです。もともと視覚障害のボクは対象外園児でしたから、従わざるを得ません。ジイにしてもそれまでには特設幼稚園の職員を採用でき、設立の目鼻がつくだろうとの確信もあったので問題視しません。日勤勤務を終えて帰宅したママに夕食後、そのまま伝えました。ママはすでにその事は知っていたらしく、ジイはそのとき転出入申請の手続き実行については話題にしなかったのでした。

ところがママは翌日夕刻、早速、自宅近くの普通幼稚園に入園の手続きをとったのでした。冬の六時半、暗やみも色濃くなっていましたが、なぜか急いだのです。

驚いたのはジイでした。施設の指示に従うにしても、その前に教育委員会を確かめ、仲介議員に説明をし、施設の意向を尊重したかりそめの入園申請であることの証しを立てた後にすべきと考えていたからです。念願の特設幼稚園を設立しても、入園はしませんではすまない話です。

「自分でまいた種を自ら踏みにじるようなことをしてはいけないよ。市のお膳立てをひっくり返すことになってはまずいから、本命はあくまで特設幼稚園だという言明をしてから、入園手続きをとるべきだった。何故、私に声をかけてくれなかったのか……。パパの立場もあるだろうし、議員や市の幹部、それに教育委員会にドロを」

ジイは困惑の色を隠さず、いささか強い口調でいったのです。ああ、と思いました。ジイの言葉足らずだったのか、ママの本音がもともと普通幼稚園希望だったのでしょうか。言葉は、二人ともボクの何十倍も堪能なはずですが、一体どういうことなのでしょう。それともママはボクのような生まれがはずかしいのでしょうか。まもなく視力障害児の幼稚園児、そして盲学校生徒になるボクに我慢がならないのでしょうか。家の中には一月の冷気が満ちはじめました。

一方、特設幼稚園の養護教師候補は翌月になっても見つかりません。教育委員会とジイたち保護者はさらに募集の範囲を広げ、養護学校ＯＢとか他市町村教育委員会あるいは各地の養護学校教師の知り合いにまで紹介を依頼したのですが、結果は同じです。盲学校教師免許所有の絶対数が少ないらしいのです。

やむを得ないと判断したのでしょう、出口を見つけようとする市の教育委員会は方針を変え、新年度特設幼稚園設立は延期することになりました。代替案はとりあえず三人の対象児童を住居地の普通幼稚園に入園させ、それぞれ支援の保育師をつける、そのための保育師研修を行うという方向性でした。一転してママの代替案の展開になったのでした。

反対に終始憮然としていましたのはジイです。ママとの意識の相違釈明のための面会は市の担当幹部が長期の出張で実現できず、その後の会見では岩瀬さんの混迷がもたらした帰結とする雰囲気さえ感じられたからです。

ボクも少なからず憂鬱でした。ことば習得への意欲も失いそうです。障害はまぎれもない事実です。それ以上を求めることがどういうことかわかりません。もちろん、それ以下を考えたこともありません。現在を認識し、わずかな言葉をもって人を知り、門戸を開くしかないはずです。ごく少々ですが感動を知り、元気といたわりを与えあう関係も知りました。もっと発展させたいのですが、ボクの生命力が弱すぎるのでしょうか。

母屋と離れにこれまでなかった障壁さえ感じられます。協力しあうことで一緒に乗った気球はきまぐれな風に立ち向かって、今はガスバーナーの調子がおかしいようです。燃料も底を尽きそうなのです。

「点検は怠りなかったはずだが」ジイがつぶやくようにいうのですが現実はどうにもなりません。高度を下げながら、安全な着地点を探すしかありませんが、そのエリアまで燃料がもつかどうか。いえ、やはり、燃料は予想よりも早く尽きそうでした。流れてきた霧も進路を妨げ、均衡のとれた航行はままなりません。

「特設幼稚園の設立計画はもともと正式決定ではなかったそうですね」夕食の後、離れでお風呂に入ったボクを迎えに来たママがどんな意図か、唐突にジイに話しかけたのです。「武部さんの奥さんの話ですけど」

武部さんは陳情に名を連ねている三人の保護者の一人です。

「何のことだね、それは？　大事な席にはあなた自身も同席して知っていただろ」

ジイは入浴で温まった身体を震わせ、いくらか声高でした。バアちゃんも、

「教育委員会が保育士を公募しているという現実もあるのに、その人のいうことを信用しているわけね、ママは……」

バアちゃんにすれば、ボクの育児について諸々の思いがこもっているのでしょう。無念の胸のうちをかい間見せた一瞬でした。ボクのお産でママの不注意とか、未熟児網膜症発症初期の医師の誤りがあったとしても、ボクに、ボクの目に視力がつきさえすれば何ともなかったのに……

「すべて誉之介のためにやってることだ。家族の絆を乱してはいけないよ」

ジイはそういって、何事もなかったように新聞を広げたようでした。例え、ごり押しで普通幼稚園に入園できても、二年後の小学校入学となれば就学検討委員会の判断に委ねなければならないし、パパの立場もあって無理な要求は通せない。そういうことも見据えて、特設幼稚園設立に向けて陳情とその延長線上に盲学校の分校学級誘致があったはずです。

ジイの考えはママに理解されず、ママの普通幼稚園志向は主張されずにきてしまったようです。会話は途切れました。繋ぎ、修復する言葉も見つからず、ママは思いつめたようにサッと立ち上がると、ボクを抱き上げ母屋にそそくさと移動したのでした。激しい息づかいがボクの顔に吹きかかりました。

翌日も、その次の日もパパやママからジイへの会話はありませんでした。ですから、ジイも結局は教育委員会の代替案にそって進行していくものと判断していたようです。パパにとっても、それがベストではないにしてもベターであるはずです。

発達障害児の育児と教育には家庭環境の平静と円満が肝要とものの本にあるとジイは常に申します。ボクの言語の獲得にも必要にして欠くべからざる条件のようです。少なくともその教訓に忠実のように見えていた岩瀬家でしたが、変容のときなのでしょうか。こんなことではなかったはず！　ですが。

節分の夜です。年に何度かの社会行事は母屋と離れが合同で食事会か、ささやかな宴会を催します。ママがボクの進路についていささか異議を唱えて半月です。

「豆まきの準備ができたから、どうぞ」

母屋から、パパが呼びに来て、ひまるを抱き上げました。「おっ、そうか」と待機中の和服のジイが立ち上がり、ボクもその腕の中におさまりました。

「もう夜だけど今日は特別だから、バアちゃんから誉之介たちにプレゼントあげるわね。ジイちゃんからはお小遣いがもらえそうよ」

バアちゃんはボクの大好きなプリンの箱を渡してくれました。大きいのですが、いつものそれではありません。とっさに口をついて出ました。はっきり、聞き取りやすく。

「これ、違う！　よ」

ボクの好きなマンゴープリンの香りではなかったのです。

「えっ？」バアちゃんばかりか、ジイもボクの感と言葉使いにビックリしたようです。

「あら、じゃ、ひまるちゃんと間違えたのね。母屋に行ってから取り替えましょうね」

バアちゃんはそういいながら先になって、玄関ドアを開け、ジイを外へ促します。

「お部屋の電気、そのままでいい？」

ボクはまた発言しました。状況に的確に。

「……えっ、あら、そうだわね？」ジイとバアちゃんはまた驚き、しげしげとボクの顔を覗き込んだ後、スイッチオフです。

節分の豆まきをして、テーブルにつき、お酒とビールとジュースでこれから一年の岩瀬家の安泰とみんなの健康を祈念して乾杯をしました。ひまるはひどく嬉しがって、何度も「バッちゃん、おいち」とくり返し、ジュースよりプリンを食べています。それぞれにぎこちないのですが、最近はそれにも慣れました。

約一時間して、しごく普通に食事を終えました。ジイとバアちゃんは離れに帰ろうと立ち上がったその時でした。パパはすごく冷静に言葉を吐き出したのです。

「オレたち、家を出て独立することにしたよ。オレたちで子育てをし、社会勉強もしてみる。誉之介は新年度以降も現在の特別施設にお世話になることにした。一名分の欠員がでたらしい。だから、普通幼稚園には行かない」

何もなかったようにエアコンの暖気が回流して神棚の灯明が細く震えているのがわかりました。ボクが医大に入院していたある日、ママが「口出しが過ぎる。親でもないのに」とつぶやいたことがありました。ボクの生まれと育ちがこんな方向を招いてしまったのか。

ボクははやる気持ちの中で思いました。、ボクは……（生まれてこなければよかったのかな？）

もう少し早く、奇癖を進化させ新しい世界の戸を開けられたら、ボクらの関係は続いたかな？　何だか悲しくてたまらないのに泣けない。ママも何も言わない。

「ジイちゃんも、行く⁉……」

ボクがそういうと、ジイは暫くして誰か知らない人のような口調で返事したのです。

「今更、ふーん……理不尽の一言《ひとこと》だが、誉之介たちの家庭だからね。ジイちゃんらはお留守番しているよ」

でも、泣けない。ジイとのこれまでの過去が消える？

ひまるが愚図りはじめたのでした。度し難い雰囲気が感じられたのでしょう。

（了）

あとがき

かつて肉体的にも精神的にもごく普通の夫婦に突然生まれた子は、餌にありつけず痩せ細った山鳩ほどで、パパの手のひらにのるほどでした。自助努力での呼吸困難もちろん産声なしです。そんな生まれの子につきまとうのが未熟児網膜症という病気です。今日の医療技術からすると、95%以上の治癒率だそうですが、関係周囲の努力が行き届かず否定的圏域にいれざるをえないとすれば、きわめて忌々しきことです。子どもの病気は家族の責任とかの評価もされ、治療のための薬も注射もないのでしたら、万に一つの奇跡を期待して、漢方薬とか温泉とか、神仏に頼るくらいしかなかったのでしょう。憐憫と焦燥、自己嫌悪が夏の夜の汗のように肌にはりつくのですが、気持ちに潤いを注いでくれるのはやはり、鈍牛のごとく遅ればせながらの子の成長です。少しずつ目につくようになる生命力に小さな感動を覚えるようになりました。焦っても仕方ない、ヘレン・ケラーだってベートーヴェンだっていた、塙保己一もいたじゃないかと世間を睥睨するも身の丈にあった幸せを見つけられるなら、それが一番、みなパロディのつもりだけど、フィクションだよ、と自らに言い聞かせて。

今回の出版につきまして、日本僑報社の段社長にはいろいろ要望を受け入れていただきましたことにこの紙面をお借りしまして厚くお礼申し上げます。また、スタッフの皆様にも心から感謝申し上げます。

二〇一七年　三月

いわせ　かずみ

■著者紹介
いわせ かずみ

本名 増子一美。1943年福島県生まれ。放送大学卒。東日本旅客鉄道㈱、旧岩瀬村史編纂事務局など勤務。市民生委員、労組委員長、教育委員長歴任。
総評文学賞、福島県文学賞、労働者文学会議文学賞など受賞。著書に、福島県文学賞受賞作『嫌悪』他、創作民話など数点。

The Duan Press

ジイちゃん、朝はまだ？ ～438gのうまれ・そだち・いけん～

2017年5月26日　初版第1刷発行
著　者　　いわせ かずみ
発行者　　段景子
発売所　　日本僑報社
〒171-0021 東京都豊島区西池袋3-17-15
TEL03-5956-2808　FAX03-5956-2809
info@duan.jp
http://jp.duan.jp
中国研究書店 http://duan.jp

2017 Printed in Japan.　ISBN 978-4-86185-238-1　C0036

豊子愷児童文学全集（全7巻）

豊子愷児童文学全集 第1巻
一角札の冒険

豊子愷 著
小室あかね（日中翻訳学院）訳

次から次へと人手に渡る「一角札」のボク。社会の裏側を旅してたどり着いた先は……。世界中で愛されている中国児童文学の名作。

四六判152頁 並製 定価1500円＋税
2015年刊 ISBN 978-4-86185-190-2

豊子愷児童文学全集 第2巻
少年音楽物語

豊子愷 著
藤村とも恵（日中翻訳学院）訳

中国では「ドレミ」が詩になる？
家族を「ドレミ」に例えると？
音楽に興味を持ち始めた少年のお話を通して、音楽の影響力、音楽の意義など、音楽への思いを伝える。

四六判152頁 並製 定価1500円＋税
2015年刊 ISBN 978-4-86185-193-3

豊子愷児童文学全集 第3巻
博士と幽霊

豊子愷 著
柳川悟子（日中翻訳学院）訳

霊など信じなかった博士が見た幽霊の正体は？
人間の心理を鋭く、ときにユーモラスに描いた傑作短編集。

四六判131頁 並製 定価1500円＋税
2015年刊 ISBN 978-4-86185-195-7

豊子愷児童文学全集 第4巻
小さなぼくの日記

豊子愷 著
東滋子（日中翻訳学院）訳

どうして大人はそんなことするの？
小さな子どもの瞳に映った大人社会の不思議。激動の時代に芸術を求め続けた豊子愷の魂に触れる。

四六判249頁 並製 定価1500円＋税
2016年刊 ISBN 978-4-86185-192-6

豊子愷児童文学全集 第5巻
わが子たちへ

豊子愷 著
藤村とも恵（日中翻訳学院）訳

時にはやさしく子どもたちに語りかけ、時には子どもの世界を通して大人社会を風刺した、近代中国児童文学の巨匠のエッセイ集。

四六判108頁 並製 定価1500円＋税
2016年刊 ISBN 978-4-86185-194-0

豊子愷児童文学全集 第6巻
少年美術物語

豊子愷 著
舩山明音（日中翻訳学院）訳

落書きだって芸術だ！
豊かな自然、家や学校での生活、遊びの中で「美」を学んでゆく子供たちの姿を生き生きと描く。

四六判204頁 並製 定価1500円＋税
2017年刊 ISBN 978-4-86185-232-9

豊子愷児童文学全集 第7巻
中学生小品

豊子愷 著
黒金祥一（日中翻訳学院）訳

子供たちを優しく見つめる彼は、思い出す。学校、先生、友達は、作家の青春に何を残しただろう。若い人へ伝える過去の記録。

四六判204頁 並製 定価1500円＋税
2017年刊 ISBN 978-4-86185-191-9

溢れでる博愛は
子供たちの感性を豊かに育て、
やがては平和に
つながっていくことでしょう。

海老名香葉子氏推薦！
［エッセイスト、絵本作家］

日本僑報社好評文藝書籍

春草
日本図書館協会選定図書　日本翻訳大賞エントリー作品

～道なき道を歩み続ける中国女性の半生記～

裘山山 著、于暁飛 監修
徳田好美／隅田和行 訳

東京工科大学 陳淑梅教授推薦!!
中国の女性作家・裘山山氏のベストセラー小説で、中国でテレビドラマ化され大反響を呼んだ『春草』の日本語版。

四六判448頁 並製 定価2300円＋税
2015年刊 ISBN 978-4-86185-181-0

パラサイトの宴

山本要 著

現代中国が抱える闇の中で日本人ビジネスマンが生き残るための秘策とは？
中国社会の深層を見つめる傑作ビジネス小説。

四六判224頁 並製 定価1400円＋税
2015年刊 ISBN 978-4-86185-196-4

夢幻のミーナ

龍九尾 著

新しいクラスで友達を作らずに孤立する、中学二年生のナミ。寂しさ募るある日、ワインレッドの絵筆に乗る魔女ミーナと出会った。

文庫判112頁 並製 定価980円＋税
2015年刊 ISBN 978-4-86185-203-9

紅の軍
長征史詩

何輝 著
渡辺明次／続三義 訳

中華人民共和国成立に繋がる共産党軍の歴史的転戦「長征」の過酷な道のりを中国の若き文学者が叙事詩化。日本語訳と原詩を併録。

A5判424頁 並製 定価3800円＋税
2014年刊 ISBN 978-4-86185-166-7

ところてんの歌

鶴文乃 著
大隈博 訳

大地を砕く原子爆弾の衝撃の中、少女は病気の母親のために買い求めたところてんが入ったアルミのボウルを、死んでも手放さなかった…。
日中対訳版。

四六判変形58頁 並製 定価780円＋税
2014年刊 ISBN 978-4-86185-175-9

新結婚時代

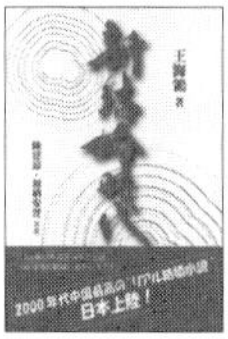

王海鴒 著
陳建遠／加納安實 訳

都会で生まれ育った妻と、農村で生まれ育ち、都会の大学を出て都会で職を得た夫。都市と農村、それぞれの実家の親兄弟。妻の親友と実業家の不倫の恋愛。それらが夫婦生活に次々と波紋をもたらす。

A5判368頁 並製 定価2200円＋税
2013年刊 ISBN 978-4-86185-150-6

何たって高三！
～僕らの中国受験戦争～

許旭文 著
千葉明 訳

張先生は受験を控える生徒たちの担任として、少しでも多くの大学合格者を出そうと奮闘する。八〇人の生徒の心を掴もうと、普通は教師が指名する学級委員を選挙で選ぶことにしたまではよかったが…

A5判342頁 並製 定価2300円＋税
2006年刊 ISBN 4-86185-026-6

半世紀を歩いた「花岡事件」
尊厳

旻子 著
「私の戦後処理を問う」会 編
山邉悠喜子 訳

本文には少なからず平和と正義の為に奮闘している人々のことが書かれています。彼らは正義の為に困難を克服し障害を乗り越えて叫び続けています。－序文より

A5判420頁 並製 定価3200円＋税
2005年刊 ISBN 4-86185-016-9

『春草』
～道なき道を歩み続ける中国女性の半生記～

第３回「中国女性文学賞」を受賞した中国のおしん

中国のベストセラー小説で、テレビドラマ化され大反響を呼んだ『春草』の日本語版。中国版「おしん」の半生記ともいわれて人気を集めた。

1961年、中国東南部の貧しい農村に生まれた春草は、幼いころから苦労を重ね、偶然出会った男性と結婚したのちも平穏な日々は束の間、火災や夫の不祥事などいくつもの困難に見舞われる。だが授かった双子の子どもをよすがに、逆境を乗り越えていく春草。幼友達や恩人など様々な人間模様が交錯し、激動期の中国社会が鮮やかに浮かび上がる……。

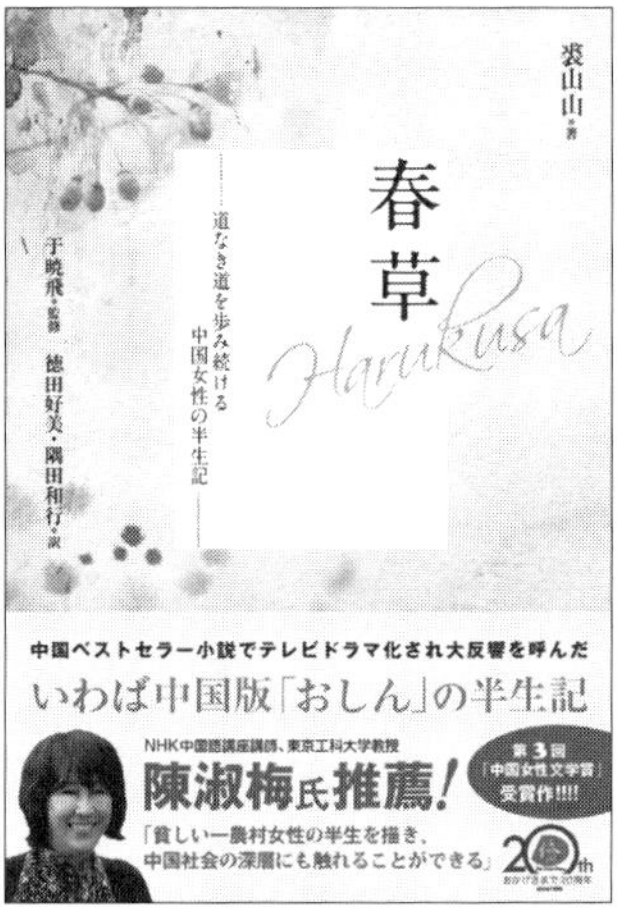

著者　裘山山
監修　于暁飛
訳者　徳田好美・隅田和行
定価　2300円＋税
ISBN　978-4-86185-181-0

NHK中国語講座講師
陳淑梅氏推薦！

この小説を読むことにより中国社会の深層にも触れることができるでしょう。多くの日本の皆様に是非お読みいただきたいと念じています。（推薦の言葉より）

アメリカの名門 CarletonCollege 発、全米で人気を博した

悩まない心をつくる人生講義

―タオイズムの教えを現代に活かす―

元国連事務次長 明石康氏推薦！

　無駄に悩まず、流れに従って生きる老子の人生哲学を、比較文化学者が現代人のため身近な例を用いて分かりやすく解説した。

"パンを手に入れることはもとより大事だが、その美味しさを楽しむことはもっと大事だ"

　「老後をのんびり過ごすために、今はとにかく働かねば」と、精神的にも肉体的にも無理を重ねる現代人。いつかやってくる「理想の未来」のために人生を捧げるより今この時を楽しもう。2500 年前に老子が説いた教えにしたがい、肩の力を抜いて自然に生きる。難解な老子の哲学を分かりやすく解説し米国の名門カールトンカレッジで好評を博した名講義が書籍化！人生の本質を冷静に見つめ本当に大切なものを発見するための一冊。

著 者	チーグアン・ジャオ
訳 者	町田晶（日中翻訳学院）
定 価	1900 円＋税
ISBN	978-4-86185-215-2

日本僑報社好評既刊書籍

日中中日翻訳必携 実戦編Ⅱ

武吉次朗 著

日中翻訳学院「武吉塾」の授業内容を凝縮した「実戦編」第二弾！脱・翻訳調を目指す訳文のコツ、ワンランク上の訳文に仕上げるコツを全36回の課題と訳例・講評で学ぶ。

四六判192頁 並製 定価1800円＋税
2016年刊 ISBN 978-4-86185-211-4

現代中国カルチャーマップ
百花繚乱の新時代

日本図書館協会選定図書

孟繁華 著
脇屋克仁／松井仁子（日中翻訳学院）訳

悠久の歴史とポップカルチャーの洗礼、新旧入り混じる混沌の現代中国を文学・ドラマ・映画・ブームなどから立体的に読み解く1冊。

A5判256頁 並製 定価2800円＋税
2015年刊 ISBN 978-4-86185-201-5

中国の“穴場”めぐり

日本日中関係学会 編

宮本雄二氏、関口知宏氏推薦!!
「ディープなネタ」がぎっしり！
定番の中国旅行に飽きた人には旅行ガイドとして、また、中国に興味のある人には中国をより深く知る読み物として楽しめる一冊。

A5判160頁 並製 定価1500円＋税
2014年刊 ISBN 978-4-86185-167-4

中国人の価値観
—古代から現代までの中国人を把握する—

宇文利 著
重松なほ（日中翻訳学院）訳

かつて「礼節の国」と呼ばれた中国に何が起こったのか？
伝統的価値観と現代中国の関係とは？
国際化する日本のための必須知識。

四六判152頁 並製 定価1800円＋税
2015年刊 ISBN 978-4-86185-210-7

中国の百年目標を実現する
第13次五カ年計画

胡鞍鋼 著
小森谷玲子（日中翻訳学院）訳

中国政策科学における最も権威ある著名学者が、国内刊行に先立ち「第13次五カ年計画」の綱要に関してわかりやすく紹介した。

四六判120頁 並製 定価1800円＋税
2016年刊 ISBN 978-4-86185-222-0

強制連行中国人 殉難労働者慰霊碑資料集

強制連行中国人殉難労働者慰霊碑資料集編集委員会 編

戦時下の日本で過酷な強制労働の犠牲となった多くの中国人がいた。強制労働の実態と市民による慰霊活動を記録した初めての一冊。

A5判318頁 並製 定価2800円＋税
2016年刊 ISBN 978-4-86185-207-7

和一水
—生き抜いた戦争孤児の直筆の記録—

和睦 著
康上賢淑 監訳
山下千尋／濱川郁子 訳

旧満州に取り残され孤児となった著者。
1986年の日本帰国までの激動の半生を記した真実の書。
過酷で優しい中国の大地を描く。

四六判303頁 並製 定価2400円＋税
2015年刊 ISBN 978-4-86185-199-5

中国出版産業 データブック vol.1

国家新聞出版ラジオ映画テレビ総局図書出版管理局 著
段景子 監修
井田綾／舩山明音 訳

デジタル化・海外進出など変わりゆく中国出版業界の最新動向を網羅。
出版・メディア関係者ら必携の第一弾、日本初公開！

A5判248頁並製 定価2800円＋税
2015年刊 ISBN 978-4-86185-180-3

日本僑報社好評既刊書籍

漫画で読む 李克強総理の仕事

チャイナデイリー 編著
本田朋子 訳

中国の李克強総理の多彩な仕事を１コマ漫画記事で伝える。英字紙チャイナデイリーのネット連載で大反響！原文併記で日本初翻訳！

A5変型判 並製 定価1800円＋税
2016年刊 ISBN 978-4-9909014-2-4

中国のあれこれ
—最新版 ビジネス中国語— 日中対訳

趙容 著

全28編の中国ビジネスに関する課題文を通して、中国ビジネスとそれにまつわる重要単語を学ぶ。全文ピンイン付きで学びやすい。

四六判121頁並製 定価1850円＋税
2016年刊 ISBN 978-4-86185-228-2

中国はなぜ「海洋大国」を目指すのか
—"新常態"時代の海洋戦略—

胡波 著
濵口城 訳

求めているのは「核心的利益」だけなのか？国際海洋法・アメリカとの関係・戦略論などさまざまな視点から冷静に分析する。

A5版272頁 並製 定価3800円＋税
2016年刊 ISBN978-4-9909014-1-7

必読！今、中国が面白い Vol.10
中国が解る60編

而立会 訳
三潴正道 監訳

『人民日報』掲載記事から多角的かつ客観的に「中国の今」を紹介する人気シリーズ第10弾！ 多数のメディアに取り上げられ、毎年注目を集めている人気シリーズ。

A5判291頁 並製 定価2600円＋税
2016年刊 ISBN 978-4-86185-227-5

SUPER CHINA
—超大国中国の未来予測略—

胡鞍鋼 著
小森谷玲子 訳

世界の知識人が待ち望んだ話題作。アメリカ、韓国、インド、中国に続いて緊急邦訳決定！
ヒラリー・クリントン氏推薦図書。

A5版272頁 並製 定価2700円＋税
2016年刊 ISBN 978-4-9909014-0-0

東アジアの繊維・アパレル産業研究

康上賢淑 著

東アジアの経済成長に大きく寄与した繊維・アパレル産業。
実証的アプローチと分析で、その経済的インパクトを解明し今後を占う。

A5判296頁 並製 定価6800円＋税
2016年刊 ISBN 978-4-86185-217-6

中国若者たちの生の声シリーズ⑫
訪日中国人、「爆買い」以外にできること
「おもてなし」日本へ、中国の若者からの提言

段躍中 編

過去最多となった5190もの応募作から上位入賞81作品を収録。「訪日中国人、『爆買い』以外にできること」など3つのテーマに込められた、中国の若者たちの「心の声」を届ける！

A5判260頁 並製 定価2000円＋税
2016年刊 ISBN 978-4-86185-229-9

中国企業成長調査研究報告
—最新版—

伊志宏 主編
RCCIC 編著
森永洋花 訳

『中国企業追跡調査』のデータ分析に基づいた、現状分析と未来予測。中国企業の「いま」と「これから」を知るにあたって、必読の一冊。

A5判222頁 並製 定価3600円＋税
2016年刊 ISBN 978-4-86185-216-9